순의 564, 그 겨울의 봉선화

저　자 사단법인 사육신현창회
1판 1쇄 발행 2020년 12월 22일

발행처 우리마당 웰컴
발행인 정혜현
디자인 송현주
진행PD 김예진
주　소 서울특별시 양녕로26길15. c-105
I S B N 979-11-6440-717-0

www.sa6sin.co.kr
sa6sin1@gmail.com

이 도서의 국립중앙도서관 출판예정도서목록(CIP)은 서지정보유통지원시스템 홈페이지(http://seoji.nl.go.kr)와
국가자료종합목록 구축시스템(http://kolis-net.nl.go.kr)에서 이용하실 수 있습니다.(CIP제어번호 : CIP2020049598)

· 본 문집은 사육신 순의564주년 기념 온라인 백일장 수상작들의 모음집입니다.
창작의 책임과 권한은 각 저작자들에게 있으며, 각 작품 제출자들의 책임이자 고유한 권한임을 밝힙니다.
본 문집의 수익 또한 사단법인 사육신현창회 백일장 장학금으로 활용됩니다.

순의 564

그 겨울의 봉선화

大忠臣 死六臣

목차

대충신 사육신
大忠臣 死六臣
작품집

겨울 봉선화

이우식 1955

기운 담장 곁
시멘트 步道 틈새

바늘구멍 뚫고
피사의 斜塔을 쌓던 봉선화
등 뼈만 남아 무릎을 꿇고 있다

면도날 살얼음 길
백척간두 홀로 서서
연분홍 떨리는 살점 죄 내어 주고

자신을
탁 던져 버린
그 장엄한 오체투지

가파른 낭떠러지
홀로 기어오르며

찢기고 패인 상처
달래고 어루만지며

빙점의
극한 상황을
너는 영 뜨거웠구나

저미는 칼바람 속
벌겋게 언 몸뚱아리

가슴팍 밑바닥의
응어리를 활활 태워

마침내
죽어 다시 사는
꽃 한 송일 피웠구나

사 육 신 (死六臣)

전치용 1959

육신은 찢기어도 마음만은 편안하다!
백 년을 산다 하고 천년을 더 산다 해도,
지조(志操)를 꺾고 산다면, 하루만도 못하리라.
명월(明月)에 핀 장송(長松)은 붉은 물로 피는 촛불.
간밤에 불던 바람 모질게도 몰아치니,
어쩌나! 태평성대는, 아직 때가 이르려나?
충정(忠情)을 모은 뜻에 가는 길이 거칠어도,
신의로 맺은 언약 변할 수가 있으리까?
저승길 굳게 닫은 입, 질질 열지 않으리라!
백 년도 가지 못할 부귀영화 허망한데,
천년을 쉰내 나는 나물로써 씹힐 땐가?
권세는 칼끝에 서서, 벌통 혀로 핥기로세.
노들섬 한가롭게 백로 보며 누웠으나,
이루지 못한 통한(痛恨) 편안함이 있겠냐만,
달빛에 금침(衾枕)을 깔고, 세세연년 쉬옵소서.
노산(魯山)의 하늘 아래 매월대(梅月臺)에 서로 만나,
고고한 폭포 아래 바둑 수(手)에 웃고 울며,
만고의 의절(義節) 충심은, 천년인들 변하리오!

사 육 신

손 진 2006

거리감 느껴지는 단어다. 지연이 그 글자들을 연필로 부비적거리지만 영 모르겠다. 어느 교과서이던가, 보았던 것 같은데. 역사 교과서에 나오던 그 도교 도자기 옆에 있던 그림 아닌가? 지연은 역사 교과서를 뒤적였다. 아, 그거는 사신도구나. 사육신, 죽은 여섯 명의 신하라는 뜻인가…. 공부 중이라 뒤집어 놓았던 휴대전화를 들어 검색했다. 맞네, 세조 때 죽은…, 단종 복귀…. 음, 대단한 사람들이네, 그치만 내가 생각할 만한 건 아닌 듯.

다음 날 학교였다. 국어시간. 조선 시조 <천만 리 머나먼 길에>를 읽었다.

"천만 리 머나먼 길에 고운 임 여의옵고 내 마음 둘 데 없어 냇가에 앉아 있으니

저 물도 내 맘 같아서 울며 밤길 가는구나"

"이 시는 영월로 유배를 가는 단종을 호송하던 의금부 도사 왕방연의 시조예요.

역사시간에 세조-문종의 동생-에 대해서 배웠죠? 세조, 그 수양대군이 계유정난을 일으켜서 어린 단종을 몰아내고 정권을 잡죠. 왕방연은 그 단종을 유배지로 호송하던 사람이 왕방연인 거죠. 일부 기록에 따르면 왕방연이 단종에게 사약을 전하고 돌아오는 길에 읊었던 시조라고도 하네요. 여기서 왕방연의 심정은 어땠을지 말해볼 사람?"

선생님이 물었다.

"비통했을 거 같네요."

지연이 말했다. 또 세조네. 그러면 저 왕방연도 사육신인가.

"왜? 어느 부분에서 그렇게 생각했니, 지연아?"

선생님이 물었다.

"'저 물도 내 맘 같아서 울며 밤길 가는구나', 이 부분이요. 물에 감정이 있지는 않잖아요. 본인이 슬퍼서 물도 우는 것처럼 느껴지는 거죠."

지연이 대답했다.
“그렇지, 지연이가 잘 파악해줬어.”
“선생님, 근데요.”
선생님이 지연 쪽으로 몸을 돌렸다.
“왕방연도 사육신이었나요?”
“아니, 그건 아니야. 계유정난 이후에 단종 복귀를 계획하다가 죽은 여섯 명의 신하를 사육신이라고 하잖아? 추가로 그들의 충절을 따랐지만 죽지는 않은 사람들을 생육신이라고 하고. 왕방연은 그들에 포함되는 사람은 아니야. 시조에서 본다면 세조의 왕위 찬탈이 옳지 못하다고 생각했던 것 같기는 하지.”
선생님이 다시 몸을 돌렸다. 지연은 생각했다.
‘그 사람들은 왜 그렇게 세조를 거부했던 걸까? 어린 단종을 죽였다는 것 때문에? 앞으로는 자신들이 정권을 쥐고 있지 않아서? 단종과 친한 친구였던 것도 아니고. 그것도 아니면 세조가 나라를 엉망으로 만들까 봐서? 근데 그건 단종도 마찬가지였을 텐데. 단종은 13살밖에 되지 않았잖아, 신하들에게 휘둘리지 않았을까 하는데.’
신하의 도리를 지켜서인가, 지연이 생각했다. 왕을 누가 하든 그게 그렇게 투쟁할 일이던가, 현대의 지연은 생각했다. 하교 전, 지연을 역사 선생님을 찾았다.
“선생님.”
“응, 지연아?”
“아, 저 사육신이 궁금해서 왔는데요.”
“사육신? 갑자기 사육신이 왜 궁금했니?”
“그냥, 어쩌다가요.”
“응, 그래서?”
“사육신이 왜 그렇게 높이 평가되는지 궁금해서요.”
“음, 지연아. 조선시대에 와서 어떤 학문이 중시되었는지 기억해?”
“유교요.”
“그렇지. 아직까지도 유교의 흔적이 우리 곁에 남아있을 정도로 중요한 게 바로 유교지. 유교에는 임금에게 충성하라는 덕목이 있어. 그리고 사육신들은 그

걸 몸소 보여주었던 거지. 그들에게는 단종만이 임금이었으니까. 어쩌면 그들의 충성이 다른 사람들에겐-아무 일도 하지 않았지만 그들과 함께 처벌받은 사람이라든지, 세조라든지- 골치 아픈 것이었을진 모르겠지만 현대 사람들에게는 충절을 지킨 멋진 신하들이라고 생각되어서 일거야. 어떤 일이든 자신의 의지를 쉽게 꺾지 않는 사람은 어쨌든 대단한 거니까.”

지연은 이해가 되었다. 완벽히 그들이 옳았는지에 대해서는 알 수 없지만 그들의 의지 같은 것에는 감탄한 지연이었다.

노들섬 너머 노을이 잠을 자면

이윤서 2003

은빛 감도는 푸른 강물 위로
고즈넉이 흐르는 한강철교가 보이는 언덕
오솔길 드리운 홍살문 지나 양지바른 무덤 앞에는
숨을 멈춘 바람이 구름 뒤에서 예를 갖춘다
하늘에 두 해가 있을 수 없듯이
백성에게 두 임금이 있을 수 없다는 절개
곳간에는 녹읍이 그대로 쌓여있고
불 지피지 않는 방은 온기가 식어 싸늘하다
모진 고신에도 변하지 않는 한 조각의 붉은 마음은
두 번 달군 쇠꼬챙이도 막을 수 없는 절의
말로 할 수 없는 육신의 고통 너머로
굽힐 수 없는 충절을 안은 당당함이 가득하여

눈 맞은 까마귀라도 흰 새가 되지 않았다

산란하는 햇빛 속에 사는 소나무 밭 사이
변치 않는 푸른 잎 사이로 상왕의 숨결이 내려앉으면
이름이 드러나지 않은 돌비석에는 절개가 영원히 살고
식어진 쇳조각을 내던져 갈라진 땅에서는

대의를 위한 붉은 피가 흘러나와

혼백을 머금은 양분을 대어 매화 가지가 싹을 틔웠다

새로운 날의 동이 트는 북소리가 들리던 그 해

낮인데도 어두웠던 그늘을 물리치고

아픈 절개가 하늘가에 닿아 고귀해진 수백 년의 시간

대의를 위한 절개가 봉분 위로 쌓이고

노들섬 너머 노을이 잠을 자면

별운검의 호위 받는 그 곳에서는

송백의 푸른 꿈이 영원토록 깊은 숨을 쉰다.

대 충 신 사 육 신

강수화 1982

아!

통곡하고 통곡하는 날이 와도

무자비한 고문에 쓰러져가도

우리의 충절을 저버리지는 말세나

서슬처럼 시퍼런 인두로 몸을 태워도

그리운 친구여

나를 잊지 마시게나

탐욕의 불길은 거세였네

이것이 우리의 마지막이라 해도

정령 후회가 없네

아무것도 보이지 않는 검은 밤

소리 없는 적막을 바라본 적이 있었네

어린 왕을 지키고자 후회는 없네

다만 내 어머니를 자네에게 부탁해도 될런가

피로 물든 강과

붉게 물든 하늘을 보았네

피처럼 붉은 것은 내 눈이였지

지켜야 할 것이 있는 사람은
강해져야하네
오늘이 마지막처럼

그리운 친구여
나를 잊지 마시게나
모두 다른 길을 가자했으나 사나이로 태어나
가슴에 하나의 왕을 품고 살다 죽네

죽음이야 두렵지는 않지만
내 뼈가 부서지고 으스러지는 일도
몸이 내 몸이 아니네
멀리서 북 소리가 들리는구먼

비 상

김수정 1971

거룩한 날개에 묻는다.
사람과 죽음 중 무엇을 가져갈지를.

살아서 죄인이 된다면
오십년을 살고
죽어서 충신이 된다면
천년을 살리.

눈물이 날아오른 자리
하나씩 터진 꽃봉오리
별이 된다
하늘이 된다
구름이 된다

피를 나눈 형제들이여
날개를 펴라.
한목숨으로 불타올라
세상이 되라.
멈춰 선 자리마다
연꽃이 피어라.

이슬 머금은 개울가에
이끼 낀 바위는
세월이 되고 그리움이 되고
일편단심이 되어라.

개 나 리

고은빈 1988

고른 봄볕에
한데서 난 것을
그새 잊었는가
휘고 꺾인 가지에
하늘이 눈물짓는다

새순을 내겠다고
당산목을 베려는가
힘없이 뽑히는
밑동을 바라보며
땅은 절규할 것이다

가지에 달린 이 몸
홀로 된바람 버텨내도
가지와 한 몸이라
가지가 꺾이면
결국 떨어질 것을

들 수 없는 낯을
달고 살 수 있으랴
새 봄을 바라보며
제 목을 비트는 것이
차라리 나으리라

개나리 질 때에
찬바람 물러나고
볕이 따사로우니
잎 나기 전에 꺾어
문간에 걸자

충(忠)의 사인(死因)으로

김은비 1996

백악의 해가 그토록 밝았건만
한줌 바람에 서글픈 구름이
천지의 광명을 가리었다.

넓은 궁에 매화향 가득했거늘
푸르던 매화향은 어디가고
타들어가는 향내만 자욱하다.

바람결에 갓끈 풀고 춤추는 자여
바람의 성정이 변덕인 것을
춤사위의 도포자락 바람과도 같구나.

달마저 가리운 밤
바람에 흔들리는 여린 불빛 앞에
눈물로 꽃을 맺은 날이었다.

빛이 없는 세상을 버린 것일 뿐
내 마지막 국화꽃 피우던 날
님 향한 마음을 묻고 가니

죽어 사라진 것은 누구인가
살아 숨 쉬는 것은 무엇인가
내 충의 사인으로 묻는다.

대충신 사육신

문예찬 1994

신 문예찬은 일찍이 대 충신 사육신에 관한 글을 지으라는 뜻을 받아 저의 졸(拙)한 실력에도 불구하고 만고의 충신에 관해 글을 올리고자 합니다.

2020년 새해부터 창궐한 코로나19 역병으로 인해 온 백성이 신음하고 도탄에 빠져있으며 여기저기서 신음소리가 흘러넘치고 있사옵니다. 자고로 백성이란 먹을 것을 하늘로 삼는바, 나라의 경제가 흔들리고, 백성들의 안위와 생업이 끊어지는 광경은 차마 눈뜨고도 보지 못할 광경이옵니다. 허나 조정의 대신들과 위정자들은 국가적 대위기에 직면하여서도 서로 비방하고 모함하는 작태가 끊이지 않으며 백성들은 나아갈바를 알지 못해 이곳저곳을 헤매는 형국이니 실로 나라의 위태로움이 오늘과 같은 적이 없었습니다. 이러한 대 재해를 당한 시점에 고금의 역사를 훑어보고 사육신의 충절을 기리는 것은 장차 우리나라가 나아가야 할 바를 찾고 득실을 살펴 경계하기 위함이옵니다. 공자께서는 말씀하시길 '밝은 거울은 형태를 살피는 것이요, 지난 옛 것은 현재 것으로 알 수 있다'고 하였으니 오늘날 같은 형국에도 우리는 사육신의 행적을 살피며 장차 우리나라가 추구해 나가야 할 바를 생각해야 할 것입니다.

일찍이 증자는 스승 공자의 도를 일컫어 '충(忠)'과 '서(恕)'일 뿐이라고 하였습니다. 성인의 도는 하루아침에 변하는 것이 아니니, 모름지기 오늘날 충과 서의 대상만 군주에서 국민으로 바뀌었을 뿐 그 본질을 변하지 않은 것이옵니다.

박정한 세태 속에서 많은 사람들이 충의 의미를 잘 못 알아 혹자는 국가와 국민을 팽개치고 권세가에 아부하며 권력자의 비위를 거스를까 생각하여 년(연)일 오로지 그것만을 살피는 것을 충성으로 알기도 하며 혹자는 특정 정당이나 이해집단의 의견을 그저 한없이 좇는 것을 충성이라 말합니다.
어찌 이것이 충성의 본 뜻이겠습니까. 자고로 충성이란 본디 정성을 다해 한 마음으로 모신다는 뜻으로 자신의 마음의 중심을 곧게 하여 세태나 자신의 이해에 휩쓸리지않고 정도를 걷는 것을 말하는 것이라 할 수 있습니다.

하여 신의 어리석은 생각으로는 고금의 역사를 돌아보면 사육신이야 말로 위에서 언급한 충성을 실현한 인물들이 아닌가 하옵니다.
지금 우리나라의 현실을 보아도 자신의 이해관계에 따라 지조와 절개를 초개와 같이 버리고 신념을 바꾸어 공동체의 선을 생각하기보다는 자신의 안위만을 추구하는 사람들이 얼마나 많사옵니까. 과연 이들은 진정한 충을 따르는 사람들이 아닌 것이옵니다.

유학의 나라 조선의 위정자 사육신은 유학의 이념을 머리로만 받아들이지 않고
응당 현실에서 실현시켜 나가고자 한 인물들이었습니다.
부와 명예를 생각한다면 폐위된 단종을 따르기보다 세조를 따르는 것이 훨씬 나은 것이라는 생각을 그들인들 하지 않았겠사옵니까. 다만 사육신들께서는 유학의 가장 기본 가르침인 의,충을 생각하여 목숨을 버린 것이라 할 수 있습니다.

성리학의 본질에 대한 이해가 적은 혹자는 세조가 왕위에 오르신 후
상감이 되신 세조를 따르는 것이 신하된 도리가 아니겠냐고 하겠으나,
문제의 핵심을 꿰뚫어 보지 못한 졸렬한 생각이라 하지 않을 수 없습니다.

자고로 맹자께서는 '백성이 가장 귀하고 사직은 그 다음이며, 군주는 가장 가볍다'고 하였습니다. 조카를 몰아내고 사욕을 위해 왕위에 오른 군주를 따르는 것이 어찌 유가에서 말하는 충이겠사옵니까. 진정으로 사람에 충성하지 않고 의(義)와 예(禮)에 충성하는 것이야 말로 유학에서 말하는 충의 본 뜻일 것이옵니다. 그리하여 사육신들은 군주 한 사람이 아닌 사직과 국가에 충성한 것이라 할 것이옵니다. 또한 세조께서는 나라를 평안히 하고자 하여 왕위에 오르셨다 하지만 어찌 나라를 평안히 하는 방법이 임금의 자리에 오르는 것 뿐이겠사옵

니까. 옛날 주나라의 주공은 비록 왕의 자리에 오르지는 않았지만 스스로 겸양을 알아 어린 왕을 보필하고 주나라를 중흥시켰으며, 저 촉나라의 재상 제갈량은 후주 유선을 받들어 촉나라로 하여금 위나라를 두려워 떨게 하였으니 이는 신하가 충을 통해 나라를 부강하게 한 아름다운 예라고 할수 있습니다. 세조께서도 이 전철을 따라 스스로 만족하는 마음을 가지시고 단종을 보필하셨다면 후세 사람들에게 더욱 칭송받지 않으셨겠사옵니까.

유학의 참 뜻을 깨닫지 못한 이들은 또한 세조께서 왕위에 오르신 후
성실한 노력으로 경국대전 편찬을 완성하시고, 직전법을 실시하는 정책을 펴 원망하는 소리를 잠재우고 조선을 반석위에 둔 결과만 보고 세조의 왕위등극을 찬하고 단종에 대한 사육신의 충절을 폄훼하는 경우도 있사옵니다.
사람들이 살아가는 세상에서 어찌 결과만으로 모든 것을 판단할 수 있겠사옵니까 육신이 갈갈이 찢어지고 모진 고통을 당하여도 부당한 권력에 맞서 싸우며 신하된 도리를 다하고 자신들이 내세운 가치를 진정으로 실현시키려고 노력한 사육신들의 정신은 대대로 계승되어야 할 것입니다.

이러한 아름다운 전통은 이후로도 세세토록 이어져 사육신은 충성의 화신이 되었고 후손들의 귀감이 되었습니다.
저 간악한 일제에 대항해 의로운 투쟁으로 목숨을 바쳐 홍커우 공원에서 폭탄을 던진 윤봉길 의사의 호가 성삼문의 아호인 매죽헌에서 유래한 매헌이었다는 것을 보아도 의(義)를 위해 목숨을 바친 사육신의 행위가 얼마나 아름답게 계승되어 왔는지 마땅히 알 수 있사옵니다.
논어에 이르기를 '그대가 솔선해서 올바르게 행동하면 누가 가히 올바른 행동을 하지 않겠는가'라고 하였는데, 과연 사육신의 이러한 올바른 행동이 없었다면 장차 후손들도 누구를 보며 충과 의를 지킬수 있었겠습니까
일찍이 상나라의 백이 숙제는 의(義)를 지키려고 수양산에서 고사리를 캐먹다 굶어 죽었고, 사육신 성삼문은 시조에 '수양산 바라보며 이제를 한한다' 하였습니다. 사육신의 충절은 과연 백이숙제의 그것과 동일한 것이라 하겠사옵니다. 문종께서 급하게 돌아가시고 어린 단종을 부탁한다는 말을 신하들에게

남겼습니다. 이들 여섯 신하는 끝까지 따랐으니 논어에 기록된 '처음과 끝이 한결같은 사람은 오직 성인뿐이다'라고 한 말이 이들을 두고 한 말이 아니겠사옵니까.

그렇다면 오늘 우리는 이를 통해 무엇을 배워야 할 것입니까. 먼저는 사람이나 군주, 권력자에게 충성하는 것이 아니라 올바름이라는 가치에 충성하는 태도를 배워야 할 것입니다. 그리하여 일반 백성들에게도 사육신의 충절이 널리 전파되게 하여 이들의 행실을 본받도록 해야 할 것입니다. 『시』에 '은나라 망한일 거울로 삼을 것, 먼 옛날 아닐세. 하후의 말세가 바로 그것일세'라고 하였으니 과연 과거의 거울로 오늘을 비추어 장차 나아갈 바를 정하는 것이 역사의 순리라 하겠습니다.

또한 자신의 행위를 역사가 어떻게 평가할지 판단하는 것이 중요하다 하겠습니다. 사육신은 비록 당대에 역적으로 몰려 그 가문들이 모두 멸문지화를 당하였으나, 시운의 먹구름이 걷히고 나서 그들의 영원한 충절은 역사의 귀감이 되었습니다. 일찍이 공자는 '아침에 일어나서부터 밤이 깊어 잘 때까지 늘 충성과 효도를 생각하는 자는 남이 비록 알지 못하나 하늘이 반드시 알 것이라' 했습니다. 비단 이를 아는 것이 하늘 뿐이겠습니까. 선현의 충절은 후손들에게 영영토록 칭송받게 되는 것입니다.

아아 코로나 19로 인해 백성은 도탄에 빠지고 나라는 혼란스럽습니다. 이러한 때를 맞아 삼가 사육신의 충절을 찬하며 저의 비루한 생각을 아뢰어 눈을 더럽힙니다. 저의 구구하고 망령된 뜻을 굽어 살펴주시옵소서.

이천이십년 구월

깊어가는 가을바람을 맞으며 신 문예찬 삼가 올리옵니다.

사육신의 뜻을 계승한 진리의 삶을 살고 싶다

민지수 2004

중학교 3학년, 모든 시험이 끝난 후 12월 둘째 주 첫 역사 시간이었다. 나이가 지긋하고 머리가 희끗희끗한 역사 선생님께서는 책을 매우 많이 읽으셔서 동·서양 역사, 문학지식도 풍부하셨다. 당연히 역사 전공에 대한 자부심도 대단하셨다. 그날도 별 다르지 않게 수업을 시작했다. 그러다 선생님께서 역사란 무엇이냐고 질문을 하나 하셨다. 아무도 대답하지 않자 선생님이 대학교에 다니실 적 유명한 중국사 전공교수는 "세계사의 전개과정을 통해 마침내 진리와 정의와 선을 실현해내는 역사의 신이 존재한다."라고 말했다고 하시며 특별한 강의를 시작하셨다.

진리는 마치 흙에 숨겨진 진주와 같다. 처음에는 드러나지 않아 아무런 힘이 없는 것 같다. 그러나 때가 되면 아주 무서운 힘을 발휘한다. 잘못된 것을 시간이 되면 제대로 돌려놓는다. 여기에 진리의 속성이 있고 역사 속에서 사람들이 진리를 찾아 때로는 목숨까지 바친 것이다.

진리에 대한 선생님의 특별한 강의를 듣다보니 우리 역사 속에서 진리를 위해 목숨을 끊은 위인이 누구인가 생각하게 되었다. 곰곰이 생각해 보니 지난 시험 때 공부했던 사육신이 바로 그 대표적인 예이다.

소설가를 꿈꾸는 문학소녀로 사육신에 대한 글을 쓰는 것은 영광스러운 일이자 미래의 나에게 내리는 뾰족한 일침이다.

사육신은 조선시대 5대왕 단종 복위를 위해 목숨을 바친 6명인 성삼문, 박팽년, 하위지, 이개, 유성원, 유응부를 말한다. 역사를 바라보는 관점에 따라 유응부를 김문기로 보는 사람도 있다. 그들은 단종에게 충절을 다했고 결국 거열형에 처하는 비참한 최후를 맞이한다. 인간으로 처참한 죽음이다.

그들은 선왕 곧 세종의 뜻을 지키고자 하였다. 거의가 집현전 학사인 그들은 세종대왕이 장남 문종의 건강이 대단히 좋지 않아 왕위를 오래 지탱하지 못할 것을 예상하고 손자 단종을 잘 보필할 것을 신신당부하였다. 곧 세조가 단종을 몰아내고 왕위를 찬탈한 것은 아버지의 뜻을 거역한 것이다.

사육신 학사들은 세종의 뜻을 지키고자 단종 복위 운동을 벌인 것이다. 쿠데타를 일으켜서 그들이 정권을 잡으려 한 것이 아니다. 여기에 진리가 빛을 발한다. 비록 그들은 비참하게 갔지만 진리는 모습을 드러냈다. 200년이 조금 넘은 인조 때에 복권이 되었고 사육신은 조선 역사의 충절의 대명사로 칭송을 받는다. 역사에 가정은 필요하지 않다. 단종이 계속 왕이었다 해도 좋은 결과가 나왔을지는 알 수 없는 일이다. 그러나 단종을 향한 사육신의 충성은 진리였다.

1500년대, 연산군의 폐정과 방탕이 극에 달하자 보다 못한 내시 김치선은 다른 이들처럼 왕을 피하지 않고 죽음을 각오하고 연산군 앞에 나선다. "늙은 저는 지금까지 네 분의 임금을 섬겼으나 다른 임금들은 어느 누구도 전하처럼 음란한 일을 하지는 않았습니다." 화가 난 연산군이 그에게 활을 쏘고 바른말을 할 때마다 팔과 다리를 잘라버렸지만 그럼에도 김치선은 끝까지 연산군에게 바른말을 하다 결국 생을 마감했다. 비록 내시에 불과하나 김치선은 충신으로 존경을 받고 있다.

임진왜란 당시 이순신 장군의 승전보와 함께 논개라는 기생이 등장한다. 논개는 기생의 몸으로 진주 촉석루에서 진주성을 함락시킨 왜장을 끌어안은 손이 풀리지 않도록 열손가락에 모두 반지를 끼워 끌어안고 뛰어내린다. 그 지조는 당시 도망가기 바빴던 대부분의 신하보다 훨씬 높고 대단하다.
시를 전공한 국어선생님께 배운 <논개>라는 시가 생각난다. 첫 구절 '거룩한 분노는/ 종교보다도 깊고/ 불붙는 정열은/ 사랑보다도 강하다.'라는 칭송을 누가 들을 수 있을까. 사육신만큼 지조를 지킨 결과이다.

1800년, 정조의 사후 겨우 11살밖에 안 된 아들 순조가 즉위한다. 어린 순조를 대신해 권력을 잡은 것은 그의 장인, 김조순이었다. 김조순은 안동 김씨 가문으로 권력을 이용해 세도정치를 실시했다. 안동 김씨 가문에서 지조 있는 신하는 없었다.
오로지 자신들의 권력 유지에만 혈안이 되었다. 1864년 고종이 들어서자 이제는 여흥 민씨 집안의 세도정치가 시작되었다. 안동 김씨와 다를 바가 없었다. 조선이 멸망의 길을 걷게 된 건 왕에 대한, 나라에 대한 충성을 보이는 지조있는 신하가 없었기 때문이다.

조선의 흥망성쇠는 모두 충신과 함께 했다. 그 시작에는 사육신이 있다. 조선이 세계사의 어떤 왕조보다 훨씬 긴 518년이라는 기간 동안 유지될 수 있었던 것은 지조와 충절, 아부하지 않는 선비정신을 갖춘 신하들이 있었기 때문이다. 다시 말하면 조선이 멸망한 것은 자신의 사리사욕을 채우기 위해 왕에게 바른 말 할 줄 아는 지조있는 신하가 없었기 때문이다.

지금 사회를 보면 '내편은 옳고 네편은 그르다.'는 생각이 퍼져 있다. 내편은 이유여하를 막론하고 무조건 옳으며, 네편은 모두가 잘못되었다는 편가르기가 너무나도 심하다. 곧 지조와 절개가 사라진 것이다.

지금 노량진 사육신묘에 누워 계시는 저분들이 지금의 모습을 보면 뭐라고 하실까. 머리끝까지 화가 나셔서 '나라 망칠 놈들아' 라면서 욕을 하실 것이 분명하다.

한문시간에 배운 논어의 한 구절이 생각난다. 공자가 어느 날 제자 자로에게 안다는 것이 무엇인지 가르쳐 주셨다. "知之爲知之 不知爲不知 是知也(지지위지지 부지위부지 시지야)." 곧 "아는 것을 안다고 하고, 모르는 것을 모른다고 하는 것, 이것이 아는 것이다."라는 뜻이다. 이것을 안다면 저러한 편가르기는 없을 것이다.

사육신의 뜻을 이어 지조를 계승해야 한다. 자신의 이익에 따라 행동하지 말고 진리를 따라야 한다. 특별히 어른들이 이것을 지켜서 어린 학생들이 본받게 해야 한다. 이것이 나라를 굳세게 유지하는 길이다. 사육신의 거룩한 뜻은 우리 역사에 길이 빛날 것이다.

앞으로 사회에 나간 나에게 어떠한 시련과 고난이 닥치더라도 사육신의 뜻을 계승하여 진리를 따르는 삶을 살고 싶다.

사 육 신

박신희 1994

죽음으로써 얻는 사명이 있다
내가 죽으면 한강 기슭에 묻어다오
이제 나의 사지가 묶여서
모진 고문과 고통을 받을 시간이 다가온다

마지막으로 생각나는 한 사람의 얼굴을 붓으로 그려본다
어쩌면 이 생은 낙엽처럼 떨어지는 한 번의 인생이었을터

이제 내가 모시던 임금의 자리에
따스한 빛이 들지 않는다
그 자리는 추위는 좀처럼 녹지 않는다

살았다고 감동할 순간에
이미 나는 마땅히 지켜야할 것을 위해 죽겠노라고
펜이 부러지고 늑골이 부러지더라도
나는 당신으로 인해 영광스럽고,
끝끝내 지키려는 믿음만이 찬란하라

나의 언어는 과녁을 향해
정확히 날아가는 화살처럼 견고하였다
더 비굴해지지 않아도 된다는 안심이 입가에 흘렀다
이미 칼이 한바탕 나를 베고 지나간 후였다

오늘날 우리는 '대충신 사육신'을 볼 낯이 있는가

박용진 1996

필자가 살고 있는 아파트 근처에는 높지 않은 등산로와 약수터가 있다. 그래서 휴일이면 운동 삼아 자주 등산을 하고, 도중에 갈증이 나면 약수터로 가서 미리 준비해 간 작은 물통에 물을 받기도 한다. 그런데 그 약수터에는 수도꼭지가 여러개가 있어도 오랜 시간 동안 순서를 기다려야 비로소 미리 갖고 간 물병에 물을 받을 수 있다. 이유는 많은 사람들이 두 손 가득 커다란 물통 여러 개를 갖고 와서는 기다리는 타인에 대해서는 아랑곳하지 않고 자신들의 물통들 만을 채우려 하기 때문이다. 처음에 이러한 광경을 보았을 때, '마침 휴일이고 그 날 따라 사람이 많은가 보다'라 생각했지만, 그렇지 않았다. 휴일이 아닌 평일에도 약수터 앞에서는 젊은 사람들부터 백발이 되신 노인분들까지 조금도 남을 배려하지 않는 행태를 보였고, 이에 필자는 결국 인간이란 존재에 대해 다시금 의문을 가지게 되었다.

물론, 본인이 본 약수터의 광경은 우리 시대 평범한 사람들의 삶의 단면이자 '인지상정(人之常情)'이라 할 수 있지만, 한편으로는 배려보다 자신의 잇속이나

실리를 챙기려는 사람들이 많다는 것을 새삼 실감할 수 있었다. 본래 인간은 누구나 이기적 속성을 가진 개체이지만 자신의 물통만을 채우려는 것이 마치 우리 사회의 그릇된 병폐의 단면을 보는 듯 했다.

하지만 이러한 광경과 같은 '도덕'과 '실리(實利)' 사이에서 '실리'를 선택하는 것이 이상하다고 생각하지는 않는다. 보통 현실에서 열에 아홉은 그렇게 하기 때문에 충분히 이해는 가능하다.

그렇지만, 분명 열에 하나 쯤은 자신에게 불리하고 손해를 볼 수도 있다는 위험을 인지하면서도 이를 감수한 채로 '실리'와 '도덕' 사이에서 '도덕'을 선택한 경우도 있다.

특히 우리 역사 속에서는 그러한 경우의 사람을 두고 '위인(偉人)' 이나 '의인

(義人)'이라 칭하거나 정치적으로는 '충신(忠臣)'이라 부르기도 한다.

그리고 역사 속에 이에 해당되는 분들은 많이 있다. 그러나 그 중 사뭇 다른 위인이 있는데, 조선조(朝鮮朝) 단종복위운동에 실패하여 참혹하게 희생된 '사육신(死六臣)'이 그러하다.

물론, 일례로 일제강점기에 조국의 독립을 위해 죽음을 무릅쓰고 자신의 목숨을 헌신짝처럼 내버리듯이 희생하신 훌륭하신 분들도 있지만, '사육신(死六臣)'은 이와 달리 목숨을 잃은지 2백여년이 지나고 나서야 공식적으로 실록에 기록되어 '충신(忠臣)'으로 인정을 받은 분들이다.

사육신(死六臣)은 오늘날 한국의 역사에서 만세(萬世)의 충신들로 알려져 있지만, 조선 초(初) 수양대군이 그의 조카 단종으로부터 왕위를 찬탈하자 그 이듬해에 단종 임금의 복위를 계획하다가 같이 거사(巨事)를 도모하던 김질이란 사람의 밀고로 '대역죄인'으로 처형된 분들이다. 당대의 누가 보아도 그 분들은 세종대왕과 선대왕(先大王)인 문종의 '단종'을 잘 보필해달라는 고명(顧命)을 받든 '충(忠)'과 '의(義)'를 지킨 충신들이었다. 그러나 세조 이후, 그의 후대를 이은 왕실로서는 '사육신'을 복권시키면 왕위에 대한 정통성에 대한 문제가 있었기에, 많은 선비들이 수양대군의 불의에 맞선 분들의 신원 회복을 위해 노력을 했어도 그분들을 재평가함에 있어 복잡한 어려움이 있었다.

결국, '사육신'의 행적을 다룬『육신전(六臣傳)』이 다수의 선비들에 의해 후대에 전해짐으로써 성삼문과 박팽년을 비롯한 6인이 목숨을 희생한 지 2백여년이 지난 숙종임금 때에 이르러 '사육신'은 '역모'의 죄에서 벗어나 복권되어 삭탈된 관직을 회복할 수 있었다.

그 후, '사육신(死六臣)'은 조정에서 공식적으로 충신(忠臣)임을 인정 받았고,
성삼문과 박팽년 등은 영조 때에 이조판서로 추증되기도 했다.

이로써 우리 모두는 '사육신'이 외롭게 의리와 정의를 고수한 주장과 이를 실천한 행위가 당대에는 인정받지 못할지라도 지난 역사를 평가하는 후대들로부터 '의리', '도덕' 등을 비롯한 많은 사람이 갖추어야 할 덕목(德目)을 비롯한 많은 부분에서 높이 추앙받고 있음을 알고 있다.

하지만, '사육신'이라는 당대의 충신들을 '오늘날 살고 있는 현대인들이 어떻게 볼 수 있을지' 이에 매우 의문이 든다.

대학생인 필자는 평소 전철을 타고 서울로 통학을 한다. 전철을 타고 집으로 돌아오면서 한강을 건너는 저녁 무렵이면, 아름다운 노을이 지고 있는 광활한 하늘을 자주 본다. 반면, 이와 대비되는 모습으로 강변에 빼곡하게 들어서 있는 아파트 단지와 부동산 투기 열풍으로 한참 공사 중인 도심의 초고층 주택단지 공사 현장도 종종 보게 된다. 그래서 이러한 대비되는 모습에 때때로 현대사회는 인간사 추악한 욕망이 끝날 기미가 없이 끓고 있음을 느낄 때가 많다.

뿐만 아니라 뉴스를 비롯한 미디어 매체를 통해 전염병이 창궐하고 있는 와중에도 우리 사회가 서로 분열되어 불신과 각자의 실익을 챙기기에 급급한 모습들이 자주 비춰지곤 한다. 하물며, 서두(書頭)에 밝힌 본인이 직접 보았듯이 약수터 앞에서도 가까운 이웃들을 배려하지 않는 광경도 비일비재(非一非再)하게 발생하니 결코 이상한 것은 아닐 것이다.

결국, 우리가 살고 있는 세상은 개인부터 단체에 이르기까지 '도덕'보다는 개개인의 잇속과 '실리'를 추구하는 것이 만연해 있음을 알 수 있다.

이와 같은 현실이 자행되고 있는 오늘날의 우리가 목숨을 잃을 수 있다는 위험을 감수하고 '충(忠)'과 '의(義)' 등을 실천하다 희생된 '사육신(死六臣)'을 어떻게 대할 것이며, 그들의 역사를 어찌 볼 낯이 있을지에 매우 회의감이 들었다.

혹자는 '사육신'을 현대인들이 어떤 낯으로 대할 수 있느냐는 의문에 '그분들이 생존한 시기인 조선시대는 유가(儒家)의 정치이념에 따라 유교 윤리로서 운영된 사회였기에 오늘날은 사회의 근간 이념 자체가 달라졌기 때문에 이전의 유교적 테두리를 두고 무슨 낯으로 대하는 것에 의문을 가지는 것이 무슨 의미가 있는가'라고 할 것이다.

그러나 본인은 그렇게 생각하지 않는다. 물론, '사육신(死六臣)'분들은 유교사회에서 당시의 윤리에 따라 '충(忠)'과 함께 불의를 불사하는 자세로 목숨을 아끼지 않았지만, 그 분들은 '신(信)'과 '정의(正義)' 및 '의(義)' 등과 같은 인간이 가져야 할 보편적인 덕목을 갖고 있었다. 그렇기에, 우리가 '사육신'이라는 분들을 대하기 전에, 충신분들 앞에 낯을 들 수 있으려면 '사람이 갖추어야 하는 기본적인 덕목과 같은 자세는 갖추어야 하지 않나'라는 것이다.

그렇다 하여, 여기서 말하고자 하는 '자세'는 대부분의 사람들에게 결코 어려운 것은 아닐 것이다. 그렇지만 '일두(一蠹)', 한 마리의 좀벌레처럼 사회에 해악을 끼치는 무리에게는 매우 힘든 것일 수 있다.

본인의 단견(短見)으로, 현(現) 사회는 역사 속의 충신들을 기리면서도, 서로간의 믿음과 의리 등이 사라져 사회는 분열되고 있으며, 오히려 선의의 행동은 보답 받지 못할뿐더러 자신과 다른 생각을 갖고 있으면 상대를 터무니 없는 단어로 매도하기에 이르는 모순된 모습을 보이고 있다.

그래서 필자는 한편으로 이러한 세태가 옳은 방향으로 흘러가기 위해서는 '사육신'이 중시했던 '신(信)'과 '정의(正義)' 등을 회복해야 하는 것으로 보았고, 이를 위해 어떻게 대처해야 할지 고민하면서 '사육신'을 비롯한 분들의 내용이 담겨 있는 기록들을 살펴보기도 했다.

예상외로 고민 끝에 다다른 답은 의외로 단순했다. 그것은 '아울러 듣는다'는 의미를 가진 '겸청(兼聽)'이었다. 이는 고대 중국 기록에 나온 것으로, 유사한 의미로는 '경청(傾聽)'이라는 것도 있다. 그래서 본인은 '겸청(兼聽)'이라면 어느 한쪽에 치우치지 않고 각기 다른 의견을 도외시 하지 않을 것이며, 배척하지 않으면서도 자신과 다른 가치관을 가졌다 하여 적대하는 감정이 들지 않을 것 이라 보았다. 또한, 사회적으로는 분열이 일지 않고, 스스로의 잇속만 챙기려는 태도에도 반성을 하여 옳은 방향으로 영향을 끼칠 수 있을 거라 생각했다.

실제로도 조선 초기 세종임금 때 '사육신(死六臣)'분들이 원래 계셨던 집현전에서는 왕과 서로 토론하고 배움을 추구하는 행사인 '경연'은 일상이었으며, 예부터도 학문연구기관인 '서원(書院)'에서도 학문을 익히는 자와 가르치는 사람 간에 각자의 생각을 듣고 폭넓게 수용하는 행위를 중요시 한 바가 있었다.

이리하여, 필자가 바라는 대로 오늘날 사람들이 노력하여 '신(信)'과 '의(義)' 등을 갖춘 기본적 자세를 가진다면, '사육신'이라는 분들 앞에서 모순적인 모습을 보이지는 않을 수 있을 것이라 보았다. 물론, 이는 본인의 짧은 소고(小

考)일 뿐 명확한 해답이 아닐 수 있다.

그리고 누군가는 이러한 단상(斷想)에 대해 이상적이라 현실적으로는 불가능하다 할지도 모른다. 그렇다. 이는 다분히 일리 있는 말이다.

그러나 본(本) 글을 작성하며 말하고자 한 것은, 역사 속 위인들을 기리거나 대할 때마다 그들이 갖고 있는 '충(忠), 의(義), 인(仁), 예(禮), 신(信) 등'을 배워야 하고 본받아야 한다고 하지만, 정작 일상 속에서 오늘날 현대 사회는 반대되는 모습을 보이고 있기에, 이러한 부분을 성찰하고 '사육신(死六臣)'을 비롯한 분들을 보며 부끄러운 행위를 하는 것을 반성하길 원한 것이다.

모두가 알다시피 현재 우리는 전염병의 창궐로 생존의 길을 모색하고 있다. 그런데 '구름은 가득 끼었으나 비는 내리지 않는다'는 의미를 가진 사자성어인 '밀운불우(密雲不雨)'처럼 병마의 위협 속에서 뾰족한 대안이 나오지 않고 있는 가운데, 사회의 여러 군데서는 '분열, 갈등, 잇속을 채우기 위한 부동산 문제' 등이 폭발하기 직전의 임계점에 이르고 있다. 이러한 오늘날의 행태를 보면, 후대가 현재의 우리를 어떻게 평할지는 누구나 짐작할 수 있으며, 좋지 않을 것이라는 것은 자명한 일이다. 즉, 어렵고 힘든 시기라고 해서 현실을 외면하거나 좌시한다면 더욱 암담한 미래만 있을 뿐이라는 것이다.

이런 맥락에서 수양대군이 조카의 왕위를 찬탈한 불의를 보고 목숨 뿐만 아니라 가문이 멸할 수 있는 위험을 알고도 거사를 도모한 '사육신(死六臣)'은 비록 오랜 세월이 지났지만, 그 분들의 행동과 신념은 기록으로 남아 후대에 의해 당대의 충신임을 인정 받았고, 오늘날 현대에 이르러서도 '신(信)'과 '의(義)'가 사라져 오히려 공정한 것은 정당한 보답을 받지 못하는 현(現) 사회에 대해서도 사람들이 가져야 할 도리와 덕목을 일깨워주는 귀감이 되고 있다.

결국, 역사 속의 충신이 현재에도 많은 사람들에게 교훈을 주는 충신의 역할을 하고 있으니 '사육신'을 가리켜 충신 중(中)의 충신인 '대충신(大忠臣)'이라 칭할 수 있으며, 이는 매우 당연한 것이라 할 수 있다.

이에 필자는 '오탁악세(五濁惡世)4)'로 되어 있는 사회에 전염병의 창궐까지 이어져 전(全) 사회가 힘들어하고 있는 가운데, 이 난국을 벗어날 방법 중 하나로 모두가 '의료적 백신'을 기다리기 보다는 그 이전에 '대충신 사육신(大忠臣死六臣)'이 전해주는 덕목을 통해 우리 모두가 서로 갈등을 해소하고 화합을 통한 '사회적 백신'으로, 얼마 뒤에 전국에 물들 단풍처럼 아름다운 세상을 만들었으면 하는 바람을 가지면서 본(本) 글을 마치고자 한다.

대충신 사육신

손성자 1964

혹독한 고문에도 옹다문 다부진 입
사지가 찢겨지고 영원을 흔들어도
개결한 불사이군 절의 뼈저린 소를 쓴다

강 물길 푸른 날 바람 부는 길 따라
육신의 몸 흐르며 꽃피우며 이 겨레
역사의 수레바퀴로 끝없이 굴러간다

사위어가는 뼈마디 절절한 옷매무새
아려서 더 서러운 가슴앓이 멸문지화
청매화 애잔한 눈빛 그들을 껴안는다

모두가 부를 위해 머리를 조아리고
명예를 얻으려고 간과 쓸개 빼지만
사육신 하얀 목덜미만 투명하게 펄럭인다

사무치는 오롯한 절개 우련 붉은 눈시울
오백년 조선정신 문화 지표로 우뚝 서서
구곡담 읊조리면서 도맥으로 흐르고 있다

내 마음 풀쳐내어

손유경 2000

붉어지는 눈시울에

맺히어라 내 님 얼굴

어린 임금 옷자락이

바람에 나부낄 때

이 내 눈물 강이 되고

동녘 두견 슬피 우네

내 한 생 담은 님은

고은 님 뿐이어늘

어찌 구름은 무심하여

내 하늘을 가리는가

이 한 마음 풀쳐내어

님 계신 곳 비치우리

이 내 마음 향할 곳은

님 계신 곳 뿐이어라

사육신묘 답사 레포트

손창현 1980

추석 다음날 언니와 함께 서울 노량진에 위치한 사육신 묘가 있는 사육신 공원에 갔다. 사육신 공원은 옛날엔 조선시대 후기 김창집, 이건명, 조태채, 이이명 선현의 제사를 모시고 학문을 연구하던 곳인 사충서원터였다고 한다. 공원 입구에서 공원으로 올라가는 길은 아주 깔끔하게 정리되어 있었다. 돌담과 대리석, 푸른 나무들은 흙으로 된 땅을 찾기 힘든 노량진에선 유일하게 자연의 냄새를 찾을 수 있는 곳이었다. 홍살문을 거쳐 불이문을 들어오면 십자가 모양의 대리석 길이 있는데 길을 따라 작은 나무가 심어져 있고 정말 깔끔하게 관리되고 있었다. 정면에는 의절사가 있었는데, 추석 다음날이라 그런지 향내가 은은하게 풍겼다.

의절사 뒤쪽으로 난 문을 통해 돌계단을 오르니 사육신 묘가 보였다. 사육신은 단종의 복위를 꾀하다가 사전에 발각되어 악형에도 굴하지 않고 순사(殉死)한 조선 전기의 6충신이며, 성삼문, 박팽년, 하위지, 이개, 유응부, 유성원 등을 말한다. 이들은 전에 집현전 학사로서 세종의 신임을 받고, 문종으로부터는 나이 어린 세자(단종)를 잘 보필하여 달라는 고명(顧命)을 받은 사람들로서, 단종의 숙부 수양대군이 1453년 (단종1) 의 계유정난을 통하여 안평대군과 황보인, 김종서 등 3공(公)을 숙청하여 권력을 독차지한 끝에 1455년에 단종을 몰아내고 왕위를 찬탈하자, 동조자를 규합하여 단종을 다시 왕위에 앉힐 것을 결의하고 그 기회를 살피고 있었다. 이들은 1456년 6월 본국으로 떠나는 명나라 사신의 환송연에서 성삼문의 아버지 성승과 유응부가 국왕 양쪽으로 칼을 들고 지켜서는 운검이란 것을 하게 됨을 기화로 세조(수양대군) 일파를 처치하기로 결정하였으나 이 사실이 사전에 누설되어 계획은 좌절되었다. 이들의 계획이 일단 좌절되자 같은 동지이며 집현전 출신인 김질 등은 뒷일이 두려워 세조에게 단종 복위 음모의 전모를 밀고하여 세조는 연루자를 모두 잡아들여 스스로 이들을 문초하였다.
성삼문은 시뻘겋게 달군 쇠로 다리를 꿰고 팔을 잘라내는 잔학한 고문에도 굴하지 않고 세조를 '전하'라 하지 않고 '나리'라 불러 왕으로 대하지 않았으며, 나머지 사람들도 진상을 자백하면 용서한다는 말을 거부하고 형벌을 당했다. 성삼문, 박팽년, 유응부, 이개는 작형(灼刑:단근질)으로 처형당하였고, 하위지는 참살당하였으며, 유성원은 잡히기 전에 자기 집에서 아내와 함께 자살했다

또한 사육신의 가족으로 남자인 경우는 모두 살해당하였고, 여자의 경우는 남의 노비로 끌려갔으며, 사육신 외에도 김문기, 권자신 등 70여 명이 모반 혐의로 화를 입었다. 사육신은 1691년(숙종17) 숙종에 의해 관직이 복귀되고, 민절(愍節)이라는 사액(賜額)이 내려짐에 따라 노량진 동산의 묘소 아래 민절서원을 세워 신위를 모시고 제사를 지내게 하였다.

지금 사육신묘가 있는 곳에는 일찍부터 박씨지묘, 유씨지묘, 성씨지묘, 이씨지묘라 새긴 표명이 서 있는 묘 4개가 있었고, 그 뒤쪽 8, 9보 사이에 또 하나의 묘가 있어서 민간 사이에서는 이 묘소를 사육신묘라 일컫고 뒤쪽에 있는 묘는 성삼문의 아버지 성승의 묘라고 전하여 왔다고 한다. 표석에는 보통 남자의 경우에는 씨(성)명과 관작(官爵)이 기각되고 부인의 경우에는 씨(성)만을 기각하는 것이어서 사육신묘가 부인의 묘로 의심되기도 하였으나, 4개의 묘가 나란히 있는 것으로 보아 부인의 것이 아님이 인정되어 왔다.

숙종 24년(1698)에는 전현감 신규의 소청으로 단종이 복위됨으로써 사육신을 비롯하여 단종의 복위를 위하여 순절한 사람들의 충절이 정당한 평가를 받게 되었고, 함 안에는 생육신을 추모하는 사우(祠宇)로 서산서원이 설치되어 사액함으로써 생육신의 절의가 또한 국가적으로 인정받게 되었다.

한편 이 때 박팽년의 7대손 동궁좌익찬 박숭고가 육신묘를 수축하였는데, 성씨의 두 무덤 가운데 뒤편에 있는 것은 표석이 없고 강 연안에 장사하는 사람들이 날로 많아져서 그들 무덤 가운데서 거의 분간할 수 없었으므로 네 무덤만

수축하였다는 것이며, 그 수축은 표석의 부러진 것은 바꾸어 세우고 그 나머지는 글자만 크게 하여 새롭게 하였다는 것이다. 이렇게 사육신묘가 공식화됨으로써 중인(衆人)의 존숭을 받게 되었으나, 이 사육신묘는 실제로 후세에 하위지와 유성원의 가묘(假墓)가 마련되기까지는 박팽년, 유응부, 이개, 성삼문의 사신묘가 되는 셈이었던 것이다.
기록에 의하면 하위지의 묘는 선산부(善山府) 서쪽 고방산 언덕에 있다고 하고, 유성원의 묘는 어디에 있는지 모른다고 되어 있다. 그러다가 1977년에 서울시가 사육신 묘역을 성역화하면서 종래에 없었던 하위지와 유성원 두 사람의 묘를 새로 마련하기로 하고 허묘(虛墓)를 써서 사육신의 묘소를 모두 갖추게 되었다.

이렇게 하위지와 유성원의 허묘를 써서 사육신의 묘소를 모두 갖추기로 결정하자, 사육신에 대한 시비가 일어났다. 그것은 '백촌 김문기 선생 육신 묘역 봉안 추진위원회'가 서울시에 김문기의 허묘를 새로 성역화되는 육신 묘역에 봉안하여 줄 것을 진정함으로써 비롯되었다고 한다. 이러한 진정에 접한 서울시는 진정 내용을 문교부에 질의하였던 바 국사편차위원회에서는「성삼문, 박팽년, 하위지, 이개, 유성원, 김문기의 6신이 세조조에 가려진 6신이라고 판정되며, 아울러 김문기가 현창(顯彰)되어야 한다.」라는 사단을 내리어 서울시에 회보하였으며, 이러한 국사편찬위원회의 사단에 대하여 유씨 문중은 물론, 기타 6신의 문중과 일부 학계에서는 크게 반발을 일으켜 국사편찬위원회에서는 다시 사육신 묘역에 김문기의 허묘를 봉안하고 유응부의 묘도 현상대로 존치할 것을 결정하게 되었다고 한다. 한편 이러한 통고를 받은 서울시는 1978년 5월에 사육신 묘역에 김문기의 허묘를 새로 봉안하고 의절사에 그 위패를 봉안하였다. 그리하여 사육신 묘역에는 7신의 묘와 7신의 위패가 봉안되었다. 결코 유응부가 사육신에 들건 들지 않건, 그것은 어디까지나 형식적인 것으로, 실제에 있어서는 모두 단종의 복위를 위하여 숭고한 목숨을 바친 희생자로서 그 충절은 높이 평가를 받아야 하고, 그것은 사육신 뿐만 아니라 그 이외의 희생자들도 함께 그러하여야 될 것이다.

묘에서 조금 아랫부분에는 공원이 있었는데, 공원과 사당이 조화를 잘 이루고 있어서 도심 속의 휴식처이자 문화재를 둘러보기에 좋은 곳이었다. 문화재를 그냥 문화재로 따로 두기보다 공원과 함께 있으니까 문화재가 소외되지 않고 많은 사람들이 즐겨 찾는 곳이 된 것 같았다. 평소에는 이렇게 문화재를 답사할 기회를 거의 접하지 못했었는데 이와 같이 공부도 하며 직접 체험을 해보니 감회가 새로웠다. 그리고 도심 속에 위치한 문화재와 휴식처가 어우러진 공간인 이 곳을 오랫동안 잊지 못할 것 같다.

사육신묘에서 -신념을 지키는 삶에 대해

유다은 1985

사육신공원은 노량진에서 공무원 준비를 하던 시절에 자주 찾던 곳이었다. 식사를 한 뒤나, 공부를 하다가 머리를 식히기 위해서 갔던 곳이라, 꽤 고단했던 그 시절, 몇 안 되는 좋은 기억으로 남은 기억 중 하나였다.
내가 사육신공원을 좋아한 이유는 그곳 특유의 고즈넉한 분위기와 길을 따라 올라가다 보면 한강 야경을 볼 수 있다는 것도 있었지만, 몇 년이 지난 지금까지도 사육신 공원을 좋아하는 이유는 따로 있었다. 두개의 마음을 품지 않고, 신념과 충절을 지킨 사육신의 7인의 위패가 모셔져 있는 곳이기 때문이다.

그래서였을까. 노량을 떠나고 난 뒤에도 마음이 어지러운 날이나, 무언가 중요한 결정을 내려야 할 때 '사육신 공원'이 생각이 났다.

[이곳은 사육신 선생님의 위패가 모셔져 있으므로 경건한 마음으로 입장하셔서 참배하여 주시면 감사하겠습니다.]

두 임금을 섬기지 않는 불이문(不二門) 앞에 붙은 단정한 어조의 안내문조차 마음에 들었다. 적어도 이 안에서 생각하고 고민하는 것들은 진실 되고, 신념에서 나와야 할 것 같았다. 나를 이곳에 데려온 S는 교과서에서만 어렴풋이 알고 있었던 사육신에 대해 자세히 설명해 주었다. 그리고 그들이 지켜낸 신념과 충절은 책에만 기록으로 끝날 것이 아니라, 현대를 살아가는 사람들이 어떤 결정을 내릴 때 기준점이 될 만한 가치가 될 수 있을 거라는 말을 덧붙였다. 그녀는 사육신 공원을 걷고 있으면, 철학서를 읽고 있는 기분이 든다고 했다. 인생 세계 같은 것들을 연구하고 적어 놓은 것이 철학서니 그녀의 비유가 딱 정확하다는 생각을 했다. 어떤 결정을 할 때, 다른 외부적인 요인이 아니라, 절개와 신념에 의해 어떤 선택을 할 수 있는 용기.

나를 포함한 이 시대를 살아가는 사람들에게 꼭 필요한 정신이 아닐까?

신념보다 '물질의 유혹'과 '권력욕'을 앞세운 결정으로 공금을 횡령하기도 하고, 뇌물을 주고 받기도 하고, 또 나라를 위해 일하는 것이 아니라 그저 제 자리를 지키기 위해서 상대 당을 끌어내리기 바쁜 정치인들도 마찬가지이다. 모든 비리의 시작은 기준이 '신념'에서 벗어날 때 시작한다.

모진 고문에 제 살이 타는 냄새가 나고, 기다리는 것은 사지가 찢겨 죽는 일만 남은 상황에서도 신념과 충절을 지키는 모습을 상상해 보자. 일제의 모진 고문과 핍박 속에서도 끝까지 독립운동을 하다 목숨을 잃은 독립투사들과 민주주의를 위해 시위에 나선 이 땅의 젊은이들도 결국 사육신의 정신을 이어 받은, 목숨보다 신념을 지킨 사람들의 이야기다. 생각해보면 결국 대한민국을 지탱한 것은 신념을 지킨 사람들이었다.

'사육신정신'이 필요한 것은 대의를 앞세운 거창한 일에만 꼭 해당한 것은 아니다. 1년 이상 준비했던 공무원 시험을 포기하기로 결정한 것도 사육신 공원에서 사육신 7인의 위패를 보면서였다. 생각해보면 공무원 시험은 내가 살아온 신념에 맞는 일은 아니었다. 그저 취직이 어려운 상황에서, 특별한 스팩도 없는 내가 '안정적인 직업을 따라 선택한 일이었다. 비겁하다는 생각을 했다. 적어도 신념을 위해 목숨까지 버린 사람들 앞에서는, 비겁한 선택을 하고 싶지 않았다. 그리고 나는 나의 신념에 맞는 일을 찾기 위해 노량진을 떠났다.

만일 S가 나를 사육신묘로 데려오지 않았다면, 그리고 '사육신의 정신'에 대해 생각해보지 않았다면, 나는 신념과 먼 곳에서 헤매고 있을지도 모르는 일이었다.

직업을 선택하는 일, 윗사람이 아랫사람을 대할 때, 그리고 아랫사람이 윗사람을 대할 때, 모든 선택에 신념과 충절이 바탕이 되어야 것은 꼭 필요한 일이다. 그리하여 나는 사육신의 정신이 이 시대 곳곳에 펴져 있어야 한다고 생각한다. 그건 코로나 사태로 힘든 시대를 살아가는 우리가 중심을 잃지 않고 살아가는 기준점이 되지 않을까.

1년 전쯤 사육신묘에서 찍어온 사진을 본다. 사진으로 느껴지는 고귀한 그들의 정신을 다시 한 번 더 새기며 다시는 그 누구에게도 비겁한 선택을 하지 않으리라 다짐해 본다.

대충신 사육신

유수연 2004

이맘때쯤이 되면 한 소녀가 찾아왔다. 처음에는 혼자 놀고 있는 소녀가 안쓰러워 보여 짧은 이야기를 하나씩 해주었는데 재밌었는지 항상 찾아와서 이야기를 듣고 가곤했다.

“오늘도 찾아왔네.”
“네! 오늘도 이야기를 듣고 싶어서요.”
오늘은 어떤 이야기를 해줄까 고민하던 차에 오늘 인터넷에서 본 사육신이 떠올랐다.
“소녀야, 혹시 사육신에 대해 들어본 적 있니?”
소녀는 나의 물음에 의아해하며 말했다.
“글쎄요. 잘 모르겠어요.”
“그래, 그럼 오늘은 사육신에 대한 이야기를 들려줄게.”
“옛날, 조선시대에 단종이라는 왕이 있었어. 어린나이에 즉위한 단종은 즉위한지 얼마되지 않아 숙부인 수양대군에게 왕위를 빼앗기고 말지.”
“어린 나이에 왕이 된 것도 모자라 왕위를 빼앗기다니 단종이 너무 불쌍해요.”
나는 조용히 소녀의 머리를 쓰다듬었다. 그리고 소녀에게 물었다.
“숙부가 조카의 자리를 뺏는 모습을 보고 사람들은 가만히 있었을까?”
“에이 설마요. 반대하는 사람들이 있지 않았을까요?”
“그래. 단종을 지지하는 신하들에서 큰 반발이 일어났지. 단종을 복위 시키려는 운동이 일어나기도 했지만 복위 운동은 실패하고 말아.”
“그럼 운동에 참여했던 신하들은 어떻게 돼요?”
“그때 단종 복위 운동에 참여했던 70여 명의 신하들은 처형되거나 유배당했는데 이들 외에 처형당하거나 스스로 목숨을 끊은 6명의 신하들을 사육신(死六臣)이라고 해.”

소녀는 나의 말에 적잖이 놀란 표정을 지으며 말했다.
"스스로 목숨을 끊다니...왕을 향한 충성심이 존경스럽네요. 사육신에는 누가 있었어요?"
"사육신은 유응부, 하위지, 김문기, 유성원, 이개, 박팽년, 성삼문을 가리켜. 사육신은 죽어가면서도 단종에 대한 충성을 외쳤다고 해. 사육신이 죽은 후에 사육신의 자식들도 모두 처형당했고 사육신 집안의 여성들은 모두 노비가 되었다고 해. 200년이 넘는 세월이 흐른 뒤에야 신원되었지."

"왕에 대한 충성을 바친 것뿐인데 죽임을 당하고 스스로 목숨을 끊는다는게 충격적이에요. 저로써는 상상도 못할 일인데 사육신이 대단하다고 느껴져요."
"나도 마찬가지야. 자신의 목숨과 가족들의 목숨, 생계가 걸린 일인데 왕을 위해서 모든 걸 바쳤으니까. 정말 존경스러워."
"그럼 그때 그 사육신들은 지금 어디에 있어요?"
"서울 노량진에 가면 사육신들이 잠들어 있는 묘와 공원을 볼 수 있어. 다음에 한 번 가봐."
"네! 좋아요."
그 뒤로 우리는 말이 없었다. 한참 뒤에 소녀가 말했다.
"사육신이 단종의 복위를 외칠 때 아마 슬프고 간절했을 것 같아요."

나는 그 말에 조용히 고개를 끄덕였다.

아마도 우리는 같은 생각을 하고 있지 않을까.

수 양 산 아

윤헤레나 1996

威容을 자랑하는 수양산 일지라도
나무에 갉아 먹혀 찾는 이 없어지면
容 자는 획을 더한들 용이 되지 못하리

그림자 무성해진 나무에 삼켜질까
도끼로 여섯 갈래 찍어서 베어낸들
수양아 박힌 뿌리는 죽지 않고 살았다.

여섯 개의 꽃잎

이태희 1973

배롱나무 앞에
어여삐 피어난 어린 꽃잎을
이 몸이 지키고 머물다 가니
꽃으로 돌아가도
꽃이라서 길입니다

홍자색 여섯 개의 꽃잎이
당신의 꽃으로 물들어 가니
아련하게 스쳐가는 인연의 별꽃도
꽃으로 물드는 길이고
꽃이라서 피고 지는 길입니다

하나 둘
당신 꽃으로 피어나
이 몸은 향기만 드리고 가니
어린 꽃잎은
달빛에 젖어 홀로 슬퍼 하시네

당신의 꽃이기에

백일홍도 여섯 개의 꽃잎이니
사육신의 절개는
꽃이라도 잎으로 살아가도 길이고
잎이라도 꽃으로 돌아가도 길입니다

꽃잎을 가슴에 묻고
어린 꽃잎도 흩어져가니
달빛에 물들어 내리는 그대의 꽃도
바람꽃처럼 따라가니
여섯 개의 꽃잎이
눈물처럼 하나 둘 서글프게 내리는 날입니다

대충신 사육신

이현도 2000

'擊鼓催人命 (울리는 저 북소리 목숨을 재촉하네)
回頭日欲斜 (머리를 돌이키니 해가 저무는구나)
黃泉無一店 (저승에는 주막 하나 없다는데)
今夜宿誰家 (오늘 밤 뉘 집에서 묵을거나)'

사육신(死六臣)으로 불리는 6명의 충신 중 한 명인 성삼문이 형장에 끌려가며 읊은 시조이다. 형장으로 끌려가는 성삼문에게서, 형벌에 대한 공포심이나 두려움이라는 감정을 찾아보기는 힘들다. 형장이 몸과 정신을 학대하는 장소라는 것을 생각해 본다면, 시조에서 나타는 그의 의연한 태도를 납득하기는 쉽지 않다. 죽음과 고통에 대해 초연한 그의 모습은 이질감마저 느끼게 한다.

죽음에 대한 초연한 태도는, 비단 성삼문만의 것이 아니었다. 사육신 모두가 스스로의 운명의 끝을 알고 있었음에도 불구하고, 그 끝으로 향하는 길을 주저없이 걸어갔다. 스스로의 신념과 신념에서 비롯된 행동이었기에, 한 치의 부끄러움도, 망설임도 없이 그들은 그들 앞에 놓인 죽음을 받아들였다.

임금이었던 단종의 복위라는 사명으로 뭉친 6명의 신하였지만, 그들의 대의는
끝끝내 성공하지 못했다. 역사를 바꿀 수 있었던 그들의 시도는, 결국 밀고로 인하여 낱낱이 밝혀지게 된다.

역사는 결국 승자의 시선에서 쓰인다. 그것이 전쟁이던 난이던 간에, 패자가 겪어야 하는 가장 치욕스러운 일은 단순히 패자로서 역사에 기록되지 않는다는 것이다. 쉽게 말해, 패자의 일생이 '왜곡'된다는 것인데, 승리자들은 자신들의 위대함을, 혹은 자신들의 행동에 대한 명분을 만들기 위해, 자신들의 행동을 '정당화'하기 위해 패자를 더더욱 악랄하고 반사회적 존재로 만든다.

성삼문을 포함한 사육신에게 가할 수 있는 최고의 형벌은 압형이나 태형과

같은 고문도, 한 인간의 생명을 끝장낼 수 있는 죽음도 아니다. 그들을 역적으로 만드는 것. 정당함을 가지고 시작한 일을, 임금과 국가에 반하는 반역자로 만들어 버리는 것. 그들이 가지고 있는 신념을, 망상으로 치부해 버려 후세에는 그들의 뜻이, 의지가 왜곡되어 전달되게 만드는 것. 그것이 사육신에게 가해진 진정한 형벌인 것이다.

단편적인 시각에서 사육신의 행위를 바라보고, 역사적 기록(조선왕조실록)에 의거한다면, 사육신들의 행동은 분명히 잘못된 것이라고 할 수 있다. 한 나라의
근본인 '왕'이라는 존재를 폐위시키려 하고, 자신들이 추종하는 인물을 왕으로 복위시키고자 한 것은, 나라와 왕에 반역되는 행위로써 지탄해야 할 행위다. 하지만, 몇 백년이 지난 지금, 현대는 사육신을 나라에 반기를 든 반역자가 아닌, 지조와 절개를 지켰던 충신으로 그들을 기억한다.

그들이 충절을 상징하는 인물로 남을 수 있게 된 것은, 생육신(生六臣)중 한 명으로 여겨지는 남효온이 사육신의 행적을 소상히 적어 남겨 두었기 때문이다. 단종 복위 운동 당시에 모반 혐의로 처형되거나 목숨을 잃은 사람은 70여 명 정도로 추산된다. 비단 사육신만이 단종의 복위에 뜻을 둔 것이 아니라는 뜻이다. 그럼에도 불구하고 사육신이 지조와 절개를 지킨 대표적 충신으로 아직까지도 기억되고 있는 것은, 남효온의 저서 '추강집'에 수록된 '육신전'에서 여섯 명의 행적이 소상히 다루어 졌기에 그들이 사육신으로서, 충절을 지킨 대표적 충신 6명으로서 세간에 알려져 있는 것이다.

남효온이 없었다면, 우리는 어쩌면 사육신을 단순한 반역자이자 어린 왕을 복위시켜 허수아비로 세운 다음, 권력을 장악하고자 했던 야망가로 판단할 수도 있었을 것이다. 그의 저서는 감추어져 있던 역사의 한 페이지를 들춰내 줬으며, 계유정난(癸酉靖難)으로 왕위에 즉위한 세조의 힘 앞에 굽실거리며 아첨하지 않고, 목숨을 던져서라도 잘못된 것을 바로잡고자 한 그들의 강인한 의지를 간접적으로 보여준다.

그들의 뚝심과 지조와 절개, 때 묻지 않은 신념은 칭찬받아야 마땅하다. 자신의 목숨이 아까워 침묵을 지키고 있는 과거부터 현재까지, 그리고 미래에도 분명히 존재할 것이다. 가령 자신이 무언가를 알고 있는 상황에서, 이를 밝히

게 된다면 목숨이 위협받는 비밀이 존재한다고 가정해 보자. 과연 스스로의 목숨을 내던져서라도 비리를 밝힐 수 있는 사람이 몇이나 될 것인가? 설령 그렇다고 답변을 하더라도, 이를 직접적으로 행동으로 옮길 수 있는 사람은 '그렇다'라고 답변을 한 사람 중 소수로 줄어들게 될 것이다. 무언가에 대한 신념을 가지고, 이를 행동으로 옮기는 일은, 생각보다 훨씬 어려운 일이라는 것을 우리는 알아야 한다. 사육신을 예찬하다 보니, 문득 '과연 나라면?' 이라는 의문이 머릿속에 떠오름과 동시에, 사육신처럼 지조와 절개를 지키며 스스로에 행동에 대한 책임을 지니고 신념을 잃지 않으며 하고자 했던 일의 영혼을, 생명의 끝에 다다르는 순간까지 지켜내 지는 못할 것 같다는 생각에 무력감과 무기력함에게 둘러싸이고 만 것 같다. 그들을 예찬하면 할수록, 그들과는 대조되게 부조리와 사회에게 무릎 꿇고 말 것 같은 자신을 발견하니 이번에는 무력감과 무기력함과 더불어 비참함이 나를 둘러싸고 만다.

상황이 이렇다 보니, 사육신들을 더더욱 예찬하지 않으면 안 되는 상황이 되고 말았다. 모순적이게도, 그들을 예찬하면 할수록 더더욱 비참함에 몸을 가눌 수 없음에도, 하나부터 열까지, 그들의 행동에 대한 감탄을 금할 수가 없는 동시에, 그들에게 열광하지 않을 수가 없다. 스스로와는 너무나도 대조적인 모습에, 마치 이상(理想)을 보는 것 같다.

무기력과 자기혐오는 단기적이다. 압도적인 우월함을 보고, 열등감을 느끼는 것은 당연한 것이다. 자신보다 월등한 무언가를 보고, 질투심과 부러움을 느끼는 것은 당연하며, 스스로를 비난하고 혐오하는 것 또한 당연한 일이다. 이것은 인간 본성에서 비롯된 것이니 '나는 다르다'와 같은 허언을 하고 싶지는 않다. 나는 평범한 인간이다. 남들처럼 평범한 삶을 살고, 사소한 것에 행복을 누리며, 때로는 분노하고 감정의 소용돌이에 휩쓸려 버리는, 그런 평범한 사람이다. 평범한 인간이 비범한 무언가를 예찬하는 것은 당연하다. 하지만 그와 동시에 질투하고 시기하는 것 또한 당연하다. 내가 가지고 있지 못한 것을 그는 가지고 있으니, 그러한 감정이 드는 것은 인간 본성에 따르는 것이다. 하지만 인간이 발전하기 위해서는, 월등함을 예찬하는 것으로 그치면 안 되며, 또한 무기력과 자기혐오에만 빠져있어서도 안 된다. 예찬하는 과정 속에서 나를 발전시켜 나가야 한다. 하지만 그러면서도 예찬은 계속되어야 한다. 무기력과 자기혐오는 단기적이다. 나 또한 한 명의 평범한 인간으로서, 스스로를 발전시키기 위해 사육신을 끝없이 예찬하고자 한다.

길 아니면

이현진 1982

왜인지 묻질 마오 이렇게 타고난걸
소나무 대나무와 국화와 매화로도
설명이 다 안 되는 맘 이 그대로 나인 것

우린들 겁 없겠소 왜 아니 무섭겠소
없는 듯 살아볼까 훗날을 도모할까
생각은 끝없었지만 아닌 것은 아닌 것

내 보기 길 아니면 떠나서 벗어나고
내 보기 임이라면 마음을 다할지니
나 살기 아닌 곳이면 내가 떠날 수밖에

누구도 원망 않소 내 본성 이러한 걸
배워서 앎 아니고 억지로 아닐진대
익혀서 알 것이 있고 타고난 게 있는데

싫지만 교언영색 앞에선 칭찬 일색
뒤에선 끌어내림 이것이 대체 뭐요
정말로 안 미안하오 자신에게 말이오

마음이 불편해서 살기는 나는 싫소
살아도 없는 듯이 그리는 난 못 살 터
맘, 발이 밀어내는 길 그 땅 어찌 밟겠소

충절만건곤(忠節滿乾坤)

강은아 1986

계유년(癸酉年) 반역패당의 감투놀음으로
궐 안은 간신으로 밤낮 판을 치고
여염에서는 조아리는 시늉을 하였으나
녹을 먹던 신하로서 어찌 두 해를 섬기랴

일신의 양명은 사사로운 가벼움이나
일국의 정통은 법도의 중함이며
가솔들의 영화는 찰나의 춘몽이나
백성들의 태평은 대대손손 만년이니
진실된 선비의 도리 그 무엇이냐
좌절된 별운검(別雲劍)의 밤이 아릿하도다

병자년(丙子年) 온 하늘에 통곡이 들끓으나
육인의 충심은 결코 울지 아니한데
반역이 무엇이고 변절이 다 웬 말이냐
도리어 침을 뱉어 엄중히 꾸짖기를
인두로 입을 지지고, 검으로 팔을 잘라도
충성을 읊조리고 두 손을 모으매
그것은 나리가 아닌 상왕 전하를 향한 절개요

국본(國本)을 향한 일편단심이외다

사지가 찢어지고 억센 목이 날아가고
후손이 끊기며 처첩이 관노가 되었으나
후세에 전하기를 성삼문 박팽년
하위지 이개 유성원 유응부는
진충보국(盡忠報國)하여 견정불굴(堅貞不屈)하였네
기억하라 후세여, 그 절절한 지조를
기록하라 역사여, 그 오롯한 충정을

단풍보다 더 붉은

강지운 2003

저기, 새벽 어스름 헤치고
노들나루 건너 온 사내
차가운 군기감 앞뜰에 주저앉아
부서진 뼈,
찢긴 살점,
엉겨있는 검붉은 핏자국,
널브러진 육신의 조각을
떨리는 손,
붉게 물든 눈동자,
깊은 한숨 내쉬며
모으고 또 모아
세월의 거적에 싣고 건너는
시간의 강
노들언덕 흙무덤
헝클어진 야생화 덤불 사이로
사내들의 애절한 비명
살아 욕된 삶보다
죽어 빛나는 충혼으로
그들이 흘린 피

역사의 너른 들판을 적셔

역사의 정신 올곧게 세워

해마다 가을이면

파르스름한 햇살로

내 작은 영혼에 내리 꽂힌

핏빛보다 붉은 단풍 이파리

단풍보다 더 붉은 그들의 절개

사육신과 나이테

강태승 1961

폭설이 뼛속을 마구 쏘다닌 시간이다
늑대와 외롭게 칼부림하던 때다
북극과 남극의 발톱이
겨우내 오장육부를 긁어도
대로를 맨발로 걸어가던 시간이지만
아무리 그래도 오리라는 봄,

관棺에 못질 하고 흙으로 덮어도
민들레 냉이 달려온 밭둑에서
춤추는 벌과 나비를
얼음이 온몸에 가득차고
기억이 까맣게 지워져도
끝끝내 꿈꾸던 불구덩이의 시간이다

마침내 안이비설신의 삭제되어
앉거나 서고 듣고 보지 못하여
도끼와 낫이 다녀가도
단지 알몸으로 받아내던
밑동을 함부로 톱질하여도

쿵, 하고 넘어지던 시간이다

나무 밖보다 나무 안에
더 많은 폭력이 다녀간 시간이고
나무 밖보다 나무 안에
연꽃이 더 만발한 시간이다
마침내 뱀보다 반듯이 서는 것은
수심樹心은 언제나 파란 불이기 때문이다.

대충신 사육신

구미승 2006

아무리 고문한들 충의를 버릴소냐
막대가 식었으니 다시 가 달궈오라
이 몸을 나리의 신이라 말한 적 한 번 없다

나리가 내리시는 녹들은 단 한 번도
먹은 적 없사오니 확인해 보십시오
어느 달 받은 것인지도 적어서 쌓아뒀소

나리를 임금이라 생각한 적도 없고
이 몸의 임금이란 단 한 명 그 뿐이니
이 몸이 죽어서라도 그 충을 지키겠소

한 길을 걸으며

권기윤 1995

죽음을 등쳐 맨 나는 서러웠다
오늘 하루
나에게 일어나는 모든 일들이
하나의 길이 된다

충이 없는 자는
충을 그리워하고
충이 있는 자는
길 끝에 맺힌 한 자락의 달빛을 그리워한다

하루를 살아갈수록
텅 비어있음과 슬픔으로 가득 찬 장애물
나는 그것들을 헤치며 길을 간다

나 길가에 피어난 꽃에게 묻는다
나 자신에 대한 무력함도
충이 되기 위해선
꼭 필요한 것이라고

나는 더듬거리며 길을 간다
자유가 없는 자는
자유를 그리워하며
어두울수록 눈물 날수록

나는 저만치 서 있는
길을 간다

충절의 접을 붙이다

길덕호 1968

노량진 사육신 묘, 불이문 앞에서 머뭇거린다.
불이(不二)가 부리가 되어 무디어진 가슴팍 찌르고 찌른다.
이 문턱을 넘어서 그 분들을 뵈올 수 있을는지

말발굽의 채찍으로 떨어져나간 팔과 다리
살가죽이 벗겨지는 고통에도 굴하지 않았다.
충을 위하여 자신의 육체를 벼린 사람들
정신과 의기는 찢을 수 없는 법
시간이 고일수록 생생하게 살아나는, 사육신의 육신들

뒤엉킨 육신의 덩굴을 좇아 찢겨진 팔다리, 들어올린다.
동강난 한반도의 허리를 밀어 올린다.
조각나고 분열된 이념의 한 가지도 움켜잡는다.
노을 지는 저녁의 세대와 노을 이는 아침의 세대를, 부둥켜안는다.
흐릿해져만 가는 우리들 의식 붙잡아
팽팽한 바지랑대 끝에 걸어 햇살에 널어본다.

접을 붙이자. 접을 붙여 보자.
죽지 않는 묘역에서 육신의 큰 가지 가져다가

으리으리한 인왕산 호랑이의 연고를 발라다가
까막까치 날카로운 부리로 바느질을 하여다가
썩어가는 우리들 시들시들한 줄기를 떼어다가
사육신의 핏물 어린 충절의 접을 의연히 붙여 보자.

대나무도 겸손해지고 매화꽃도 붉어지는
불이가 부리가 뿌리가 사철 푸른 육신의 씨앗으로 박히고
맑디맑은 지조의 물관 비릿한 절개의 나이테 하늘로 치솟아
우리들 상처투성이 몸뚱아리 의절의 옹이로 더 단단하게 싸매주는
사육신의 나무가 되어 보자.

임 을 위 해

김도희 1996

이 한 몸 다 바쳐 당신을 지키려 하였으나

이 미천한 몸뚱이는 결국 임을 지키지 못하게 되었소

단 하나의 종이 되어 당신을 보필하려 하였으나

단지 흙이 되어 임을 결국 놓치게 되었소

이 애를 충이라 하여도 좋소

당신이 그저 오래도록 남아주길 바라오

나를, 우리를 뒤늦게 아주 뒤늦게 쫓아와 주길 바라오

미리 가서 당신의 길을 만들어 놓을 테니

부디 행복하길 바라오

우리는 반딧불이 되어 당신의 등불이 되겠소

임은 그저 요행으로 생각해주길 바라오

곰살궂은 하늘이 당신의 빛이 되어주길

끌끌한 임의 길섶에 두빛나래가 피어나길

부디 맑은누리가 되길

단종의 유서

김도희 1996

결국, 사약을 마시기 직전 제게 유서라도 남기라 말씀하시는 그대는 너무나 잔인하시네요. 할아버지께선 저를 항상 예다움 하리라 바라셨지요. 여낙낙한 저의 성격은 할아버지를 닮아 그런지도 모르겠습니다. 저는 그저 태어난 죄 밖에 없고 그들은 그저 저를 지키기 위하여 생을 다 받쳤을 뿐인데, 수양대군 당신은 저를 왕권 강화의 도구로만 생각하셨군요. 제 복위 운동은 피가 물보다 진하다는 옛말처럼 당연히 제게 내려왔어야 할 운명이었습니다. 하지만 작은 아버지는 저희의 운명을 결국엔 뒤집으셨네요. 할아버지가 저를 지키시라 명해주신 덕에 그나마 운명의 실타래를 조금이나마 길게 늘어트릴 수 있었으리라 생각합니다. 사육신 그들이 없었다면 전 이미 한참 전에 생을 다했겠지요. 제 어머니가 조금만 더 살아계셨더라면 제가 조금만 더 성장한 후에 왕위를 계승 받았다면 이런 일은 일어나지 않았을까요? 시나브로 요즘 드는 생각은 하늘도 참 무심하시다는 것입니다.

세조가 되어서 행복하신가요. 당신의 미래를 바꿔 하늘을 거슬렀으니 그에 마땅한 대가가 당신의 미래에 있을까요. 당신을 미워하지는 않습니다. 다만 이런 일이 일어났음을 통탄할 뿐입니다. 스스로 목숨을 끊고 혹은 처형당한 자들의 영혼이 당신의 길목에 계속 함께할 것임을 잊지 마시길 바랍니다. 꼭 좋은 왕이 되어주세요. 저도 제가 능력이 적고 미천하여 이런 일이 일어났음을 알고 있습니다. 당신은 꼭 조선의 번성을 위해 희생해 주세요. 충신들이 당신의 영혼에 항상 함께 할 것입니다. 저 또한 계속 지켜보겠습니다. 저희 할아버지는 미래를 예측하시는 감이 참 좋으셨던 분인가 봅니다. 예측이 현실이 되었을 때 아마 '역시'하고 말씀하셨을지도 모르겠습니다. 높은 곳에 올라가 아래를 내려다보면 그들의 삶을 보실 수 있을 텐데, 전 그들 또한 사랑해주셨으면 합니다. 높은 곳에 있는 이들만을 생각하지 마시고 아래를 틈틈이 바라보고 돌보아주

십시오.
사약을 마실 시간이 다가오고 있군요. 저의 마지막은 제 운명을 탓하는 것이 아닌 제가 통치했던 이 나라 백성들의 행복입니다. 또한, 사육신들의 충심으로 조금이나마 운명을 길게 늘어트릴 수 있었던 기쁨입니다. 작은아버지가 제게 사약을 내리시고 평민으로 격하시켰어도, 전 당신이 백성을 위한 나라를 만든다면 이 한 몸을 바쳐 희생할 가치가 있다고 생각합니다. 충심으로 이루어진 저의 운명은 이제 여기까지인가 봅니다.

마지막이지만 저를 생각해준 그들에게 고맙다는 말을 전하고 싶습니다. 그들은 미쁜 이들이었습니다.

저를 진실성 있게 믿어주었지요. 그들이 제 복위를 위해 도스르며 가족의 걱정 또한

하였겠지요. 하지만 그들은 나라를 위해 그 무서움까지도 거스르며 제가 충심을 다했습니다. 하지만 작은아버지의 시점에서 그들은 반란군이었을지도 모르겠습니다. 하지만 운명을 거스른 희생이니 너무 그들을 미워하지 말아주세요.
세조로 즉위하셨으니 작은아버지라는 부름도 마지막이 되겠군요. 나라를 행복하게 하는 줏대잡이가 되어주시길. 이만 이 기나긴 유서를 마칩니다.

그들의 숨결

김동명 1998

그들이 만들고자 했던
세상은 실패했지만
그들의 의지는
우리 후손들에게 마음 속 깊숙히
새겨들었음을

비록 세월이 지나고 잊혀지고
그들의 역사는 바래졌지만
그들은 우리에게
하나의 신호로 나아갈 것이다

그들의 고귀한 숨결을
이어갈 수 있는
그들의 정신을
받들 수 있는

세상이 오길 바란다

죽음이 순교가 되는 날에

김동영 1997

윗사람을 도무지 사람으로 모실 수 없는
그때가 반드시 또 오리라
그가 주는 穀氣가 배곯음을 해소한다 해도
바닥의 부스러기를 핥아야만 하는 것이라면
차라리 팔다리를 곱게 접고
바닥에 등을 대어 밤하늘
흐드러진 쌀알 같은 별빛을 삼키리라

사람을 도무지 윗사람으로 아니 모실 수 없는
그때가 반드시 또 오리라
배곯는 그에게 없는 끼니도 내어드린다 해도
밥을 짓기 위해 불을 지필 수만 있다면
기어코 팔다리를 곧게 뻗고
바닥에 등을 대어 동틀 날
火印같이 빛 발하는 태양을 맞이하리라

그렇게 죽음이 순교가 되는 날에
별빛을 삼키던 커다란〔巨〕 입〔口〕을 닫고
마침내 절대자 우편에 앉은 忠臣이 되리라

대 충 신 사 육 신

김병찬 2002

지금 나는 나의 미래를 결정할 고등학교 3학년 이라는 아주 중요한 시기에 앉아있다. 이제 수시원서와 자기소개서도 최종 마무리 하고서 잠시나마 마음의 여유를 가져본다.

한치 앞도 알 수 없는 미래에 대한 걱정과, 난데없이 지구촌을 난도질한 얼굴도 안 보이는 코로나 바이러스의 등장으로 매일 눈 뜨면 가짜가 진짜 같고, 진짜가 가짜 같은 뉴스들이 떠돌아다니고 수시로 발송되어 울려오는 긴급문자소리에 혼란스럽기만 하는 하루하루가 계속되는 이 시대에, 혹독한 고문에도 이 앙다물고, 사지가 찢겨져도 불사이군 절의로 목숨 바친 사육신의 충절이 문득 머릿속에 떠올랐다.

사육신 같은 분들이 있었기에 우리나라가 지금도 굳건하게 버티고 있지 않는가 싶다. 결곡한 자태로 신하의 절의로 불사이군을 위해 목숨을 바친 사육신은 국가의 윤리강상을 바로 잡고 적자 계승을 파괴하고 정통왕인 어린 조카 단종왕위를 찬탈한 수양대군을 제거하고 단종을 복위시키기 위해 기꺼이 목숨을 바친 것이다.

권력과 재물에 모두가 고개를 숙였지만, 사육신은 부귀영화를 뿌리치고 가죽을 벗기고 살을 지지는 참혹한 고문에도 불복하였다. 아려서 더욱 서러운 멸문지화까지도 모두 감당한 것이다.

사육신의 절의는 유교의 충절 도맥을 세웠고, 자리 잡아 조선왕조 오백년 사림의 지도 이념이 되었다. 또한 충의의 거울이자 표본으로 경양되어 조선의 정신문화 지표가 되었다. 그리하여 임진왜란과 일제 강점기 의병들의 순국순절의 정신으로 또 다시 살아나게 되었다.

그분들의 충과 열의 의의를 다시 한 번 돌아보며, 그들의 개결한 눈빛, 흔들리지 않고 오롯한 절개가 역사의 맥으로 흐르며 꽃피어, 태극기 안에서 굳건하게 펄럭이며 사라지지 않는 우리들의 영원한 행동지표가 되었으면 한다.

지금 우리는 사육신처럼 목숨까지 바쳐 절의를 지키자는 것이 아니다. '사회적 거리두기'라는 모두를 위한 '배려'를 실천 하자는 거다. 그러기 위해서는 지금 우리는 사육신처럼 목숨까지 바쳐 절의를 지키자는 것이 아니다. '사회적 거리두기'라는 모두를 위한 '배려'를 실천 하자는 거다. 그러기 위해서는 바로 지금 모두가 욕심을 멈추어야할 때이다. 바로 지금 모두가 실천을 위해 앞으로 나가야 할 때이다. 바로 지금 모두가 역사의 교훈을 되새김질해야 할 때이다.

사육신의 살신성인의 충절정신을 한가위 보름달에 매달아 우리들 앞길을 환하게 밝혀주는 길라잡이 등불이 되기를 빌겠다.

대충신 사육신

김상현 1999

종이 위에 까맣게 칠해진

그대들의 한을 이제야 지워봅니다

찢어지는 종이는 허탈감의 아픔

떨어지는 지우개가루는 원통의 눈물

종이에 남겨진 연필자국은 변치 않는 충절

대 충 신 사 육 신

김선희 2000

태고의 신비와 희귀 동식물의 보고로 알려진 민족의 영산 금강산은 계절 따라 불려지는 이름이 있다고 전해온다. 봄 금강, 여름 봉래, 가을 풍악, 겨울 개골산으로 철 따라 고운 옷을 갈아 입으며 일만이천봉의 절경을 자랑하는 금강산의 비경.

그리고 단종 복위를 도모하다가 비극적인 최후를 맞이한 사육신의 충절을 금강산 일화에서 엿볼 수 있다. 사육신의 한 사람인 근보 성삼문이 형장에서 남긴 시조 한 수에서 죽음 앞에서도 의연한 충신의 기개를 느낄 수 있다.

이 몸이 죽어가서 무엇이 될꼬하니
봉래산 제일봉에 낙락장송 되었다가
백설이 만건곤할 제 독야청청하리라.

또한 세조 수양의 간담을 서늘하게 한 사육신의 서릿발 같은 충언이 천년의 울림으로 다가오는 것 같다. '수양 나으리는 보위를 훔친 도둑이라 할 수 있으니 임금이라 할 수는 없소이다.'

불나방처럼 정치판을 기웃거리는 이합집산하는 철새 정치인을 보면서 생각나는 역사 속의 인물들이 있다. 우국충정의 일념으로 집현전 학사들이 이구동성으로 왕위 찬탈의 부당함과 불사이군의 신의를 목숨으로 지켜낸 사육신의 대쪽 지조의 불굴의 충절을 보면서 새삼 충신은 하늘이 내린다는 말을 실감할 수 있었다.

저마다 맡은 바 일을 사랑하고 나눔 실천하는 마음들이 하나둘 눈처럼 커져갈

때 불신의 장벽도 조금씩 무너지고, 믿음과 사랑이 피어나는 건강한 사회가 되리라 생각한다.

세상의 끝을 향해

김소라 1991

이 세상의 끝은 어디더냐
구름 너머 보이는 저곳이더냐
그 끝을 알고 가는 이 두려움 없다네

바위로 내려쳐도 부서지지 않는다네
뜨거운 태양으로도 녹지 않는다네
세찬 바람으로도 흩어지지 않는다네

마지막으로 내디딘 발자국은 이내 사라지지만
세상의 끝을 향한 내 마음은 흔들림 없다네

원대한 뜻 앞 죽음 두렵지 않다

김영은 1998

원하늘의 명을 받들어 위로는 성군이신 단종께서 우리를 지키신다.
유교에서는 군신유의라는 말이 있거늘
응하지 않은 자 신하로서 자격이 없다.
그러지 않은 자 부끄러운 줄 알라.

우리의 힘이 박둔하여 눈물이 팽 돌아도
금년이 가기 전
성상으로서 복귀시키기를 원합니다.

유명무실해진 그 존함을 목놓아 부르다
성상으로 복귀시키기 원합니다.
하늘이시어 이 마음을 헤아려 개제하여 주소서

성공하지 않는다면 우리에겐 죽음뿐
두려움을 삼가지 않고 행하였노라.
이제 세상문밖으로 나 가려니
상왕께 문안 올리겠나이다.

붉은 꽃

김완수 1970

하늘이 내린 자리 칼로 뺏은 수양대군
하늘 뜻 거스르며 인륜을 끊었으니
신하 된 사람이라면 새 임금을 섬길까

어린 임금 복위 꿈을 하나로 꾼 여섯 신하
몸보다 꿈이 찢겨 피눈물 쏟았을 때
하늘은 먹구름 치고 시름시름 앓았으리

살고자 하는 맘은 하나같이 버렸겠지
임 계신 장릉(莊陵)까지 일편단심 가 닿으면
능에도 무덤들에도 붉은 꽃들 피겠네

*장릉(莊陵) : 단종의 능

충, 목마름

김유정 1994

임금을 섬기며 바친 충성은
오늘의 민족을 위해 다한 목숨

걸어온 길
깊고 진한 아픔의 가시밭길
흐르는 세월의 오늘
푸른 바람이 다시 붑니다

가죽을 벗기고 살을 지지는 고문에도
불을 손에 쥐고 살아간 충과 열을
쓸 수 있는 모든 이름으로 불러봅니다
사육신의 충성이 끝없이 남길

두꺼운 책을 역사라고 부르지 않는 이유
사육신, 여섯 신하의 목숨 바친 충절을 담기에
얇고 만질 수 있기 때문입니다

마중과 배웅의 반복에도 지치지 않고
그들이 남긴 대화의 결을 따라 걷다 보면
남모르게 자라난
고이고 고인 애국심이
뜨는 노을에 찬란히 빛납니다

대지에 뿌리박은
육신의 죽음의 가치
몸은 죽어도 얼은 살아 있어
울부짖는 목은 마를 날이 없습니다

당신은 그럴 수 있습니까?

김은진 1999

당신은 그럴 수 있습니까?
당신의 가족을 위해 목숨을 걸 수 있습니까?
 네
당신은 그럴 수 있습니까?
당신의 친구를 위해 목숨을 걸 수 있습니까?
아주 소중한 친구라면..네
그렇다면
당신은 당신의 나라를 위해
당신이 따르는 사람을 위해 목숨을 걸 수 있습니까?
아니오. 그것까지는 못할 거 같습니다.
나는..그것까지는 못할 거 같습니다.
그런데 어떻게 당신들은 그럴 수 있었습니까?

가족을 위해서도
친구를 위해서도
아닌
나라를 위해
단지 따르는 사람을 위해
어떻게 목숨을 바칠 수 있었습니까?
두렵지 않았나요? 무섭지 않았나요?
한 몸 바치더라도
이 나라가 확실하게 바뀐다는 보장도 없었는데
어떻게 그럴 수 있었습니까?

나는 당신들에게 질문을 합니다...
오늘과 같이 평화로운 시대도 아닌
여러 고문과 사형이 난무했던 시대에
자신들이 따르는 왕을 왕위에 앉히기 위해
오직 충성심이란 이름 아래에서
자신들의 목숨까지 내던졌던
그들에게..

나는 오늘날 사육신이라 불리는 6명의 대충신 이름들을 되새겨본다.
성삼문, 박팽년, 하위지, 이개, 유성원, 유응부

나는 그들에게 질문을 합니다.
당신들은 어떻게 그럴 수 있었습니까..

단종의 집

김은혜 1985

배냇머리 드러난 영월의 정수리 끝으로
괭이밥 풀무더기 잔잔히 숨 고르는 밤,
어둠이 채도를 지우고 밤하늘 휘감는다
낡은 성벽 같은 청룡포의 테두리를 타고
삭제된 충절의 시간이 공중에 부유한다
빽빽이 바늘 달고 사는 곰솔들이
동쪽 하늘에 날실 넣고 시침질하는 시간
바람의 주파수를 아는 소나무들 일제히
기다란 안테나를 열어 허공을 공명하자,
탯줄처럼 당겨진 깊은 단종의 둘레길 안
희미하게 단내 나는 바람이 번져온다
공중에서 퇴적된 옛 숨들이 들이차고
송진 묻은 생채기 마다 풍화된 기억들
망향탑 돌탑 너머 머리를 쓰다듬는다
만질 수 없는 간격마다 과거(科擧)의 生들
솔잎 그 매듭 끝에 하나, 둘 기워진다
오래된 정원의 라디오를 켜는 소나무들
텅 빈 관을 채운 바람 뼈들이 이따금씩
쇠쇠 차가운 목울대를 세우고 우는 밤,
재생되지 못한 충신의 언어들 허공에 출렁인다

잡음 섞인 밤공기들 공중에서 수신되자
낡은 벽오동 잎새들 파동처럼 흔들린다
비탈진 바위에 잿빛 까치 떼의 그림자
오래된 플랫폼처럼 어둠속에 흔들리고
청룡포의 허리춤이 다시금 출렁인다

하늘이 허락한 바람만 드나드는 동쪽 섬,
그루잠 자던 구절초만 밤새 뒤척이는 밤,
밑창 헤진 단종의 집 담장 모서리마다
안테나들이 관을 열고 바람을 수신한다
뜨거운 목젖 삼킨 붉은 해가 천천히
한음절 한음절 아침을 그려나간다

사 육 신

김재하 2001

빛도 들지 않는 곳에서
속닥거리는 소리가 선명해지고
잠들지 못할 소음으로 이어질 때

신은 어른이 되는 과정은 잔인하다고,
어른이 되는 건 꿈에서만 이루어지는
특별한 의식이라고 말했다

잠은 언제나 보약이라고 했는데
새벽마다 아이들이 꿈에서
죽어도, 아무도 울지 않아요

오늘은 누가 죽게 되는 걸까?

침대는 아무도 죽이지 않는데
죽여주는 건 꿈이지

어른들이 매번 죽지 않은 꿈을 꿔
고대부터 전해져 내려오는 얘기는
아무도 모른 채 시작돼 아름다웠다

창문을 두드리는
투명한 소음이 늘어지고 있을 때

죽지 않는 꿈은 없어
작은 꿈을 가져야 했다
죽음에서 벗어나는 유일한 도피처

아이들은 어른이 되지 않기 위해
푸른 잠을 자기 시작했고

웃음 뒤에 숨겨진 신은
비밀을 감추기 시작했다

사육되지 않은 대나무숲

김종빈 1984

불어오는 소리와 숨바꼭질하듯
들어선 뒷동산을 들었다 놓았다
잠갔다 열어본다.

열린 틈으로 귀뚜라미를 감싼
검회색 지네 한 마리가 독니를
들이밀며 앞발로 허공을 위협한다.

더듬이 하나 지난날을 그려낼 뿐
두 눈이 영혼마저도 탈취하려는
지네의 앞니에도 어떤 미동조차
울리지 않게 부릅뜬 순간,
쯔릇　쯔릇　쯔릇　쯔릇
　쯔릇　쯔릇　쯔릇
귀뚜라미 소리가 대나무숲을 흔든다.

떨어지는 하얀 살은
다가올 겨울에 쌓이게 될
흰 눈 되어 그날을 회자하리니

눈에 새긴 단종 외에는
단 한 번도 신(臣)이라 칭하지 않고,
거(巨)로써 불충할 일을 거르던 사육신

거열형(車裂刑)에 손발이 찢기어도
거역하지 못하는 하늘의 뜻을
품은 자신의 신념은 벗기지 않았으니

두꺼운 껍질을 몸에 휘둘러도
억눌린 이들의 손에 떠받쳐도
다가올 내년 가을바람을 맞이할 건
귀뚜라미 우는 대나무숲이라는 것을 배운다.

살을 내어줄지언정 왼쪽 가슴 아래
삶은 지키겠다던 사육신의 결연함에
대나무 줄기에 귀를 대어보니
쯔릇　쯔릇　쯔릇
500년 넘은 공명이 눈을 울린다.

피어나리

김지영 1998

피었네, 꽃은

별운검에 기대 피어

하늘을 바라는 용을

쫓으려다 붉게 타며

함께 드린 별들과

곤룡표 위로, 우수수

꽃인 척 핀 나리에

육신은 꺾어지지만

마르지 않은 눈물

따라 다시 피었네

언제든 곧게

피어나리.

대충신 사육신

김채림 2002

손에 피를 묻힌다고 해서
탁한 피를 묻히질 않길.

계속 목을 축인다고 해서
의미 없는 행동을 하진 않길.

남들이 하지 않는 것,
세상엔 필요한 것

시도조차 하지 않았더라면
내 앞은 보이진 않으리.

사 육 신

김하린 2003

처음에는 이 사육신의 뜻이 무엇인지 몰라 의아했다. 곧이어 단종에 대한 의리를 끝까지 지킨 충신들이었는 것을 보고 깜짝 놀랐다. 중학교 한국사 시간 때 배웠던 비운의 왕 단종에게 이런 충신들이 있는지는 몰랐다. 아마도 교과서에 나와 있었는데 내가 전부 까먹고 있었다는 것이 더 맞는 설명일 것이다. 단종에 관련된 단원을 배우면서 참 안타깝다는 생각이 들었다. 고작 12세의 나이로 왕위에 올라 삼촌 수양대군의 손에 목숨을 잃게 되다니. 정말 한 편의 영화 같다는 생각이 들었다.

아마 왕가의 자식으로 태어나지 않았다면 여느 다른 아이들처럼 제 명에 죽었을지도 모른다. 12살이라는 천덕꾸러기의 소년에게 왕좌는 너무나도 무거운 자리였을 것이라고 생각된다. 고작 열여덟 살인 내가 조선시대 왕위에 올라간다고 생각해도 너무나 아찔하다. 아무것도 모르는 나이인만큼 조종하기도 쉽다. 단종의 즉위식은 암울한 분위기에서 진행이 되었을 것 같다. 어린 나이에 아버지를 여읜 고작 12살의 어린 왕이 조선의 국왕이 된다는 것은 슬픈 미래를 암시하고 있다. 하나는 대리청정으로 한 쪽에 치우친 권력체계로 힘의 균형이 어긋날 것이고, 또 다른 하나는 어린 왕을 둘러싼 간신 세력들이다.

내가 12살이었을 때를 곰곰히 생각해보면, 어린 단종은 아마 두려웠을 것 같다. 까마득한 나이 많은 어른들이 하라는대로 인형마냥 따라가지 않았을까 싶다. 이때 그 누구보다도 단종에게 충성을 맹세했던 사육신들이 단종에게는 그 어떤것보다도 든든한 지원군이 되지 않았을까? 신하는 평생 한 왕 만을 모시며, 한 왕에게만 충성을 맹세하며 산다는 멋들어진 대목을 본 적이 있다.

조선같은 왕이 절대권력자였던 시대에서 과연 누가 자신의 소신을 지키며 살아갈 수 있었을까. 조금이라도 마음에 들지 않으면 가차없이 목을 베어가는 시대에서 자신의 신념을 굳게 밀어붙일 사람이 과연 몇이나 될까. 왕족이었던 단종조차도 허무하게 하루아침의 이슬로 사라지는 암담한 시대 상황에서 가장 중요한 것은 제 몸을 사리고 가족을 지키는 것이었을 거라고 생각된다.

그러나 이 사육신은 달랐다. 피바람을 일으킨 수양대군을 끝까지 '나리'라고 부르며 지독한 고문을 받는 와중에도 나에게 주군은 단종밖에 없다고 자신의 확고한 신념을 내비쳤으니 정말 대단한 인물들이 아닐 수가 없다. 집안의 한 사람이 역적으로 몰리며 사돈의 팔촌까지 전부 형장의 이슬로 사라지게 만들었던 조선시대에서 당당히 그릇된 것은 그릇되었다고 말하였으니 이들의 포부가 현대까지 내려오는 것 같다.

한참 신나게 뛰어 놀 나이에 비운의 죽음을 맞이한 단종의 편은 별로 없을 것이라고 생각하였는데 이렇게 든든한 지원군이 있었다니 단종의 마지막이 아주 쓸쓸하지는 않아서 다행이라는 생각이 들었다. 수양대군에게 반발하는 자의 마지막은 죽음이라는 것을 누구보다도 아주 잘 알고 있었을텐데 끝까지 단종의 손을 잡아준 이들을 보면서 그저 대단하다는 생각밖에 안 들었다.

사육신은 고문을 받는 와중에도 계속 수양대군에게 '나으리 나으리 개나리'라고 말했다고 한다. 그 호랑이 같은 성격을 가진 수양대군은 조금 서운하지 않았을까 싶다. 당대 최고의 지식인들이 전부 자신에게 등을 돌린 채 조카의 편을 들었으니 말이다. 그 누구보다도 든든한 단종의 지원군이 되어주었던 사육신들에 대한 의리를 후대에 후손들에게 알려지게 되었으니 그나마 다행이다. 갈대 같이 변하지 않는 그들을 보면서 나도 쉽게 변하는 옹졸한 사람이 되지 말아야 한다는 다짐이 들었다. 후손들에게 교훈을 선물해주신 충신 사육신들이 하늘에서 아프지 않고 편히 쉬시기를 바란다.

충정공 박팽년의 무덤에 바치는 노래

김헌기 1968

수백 년 역사를 고이고이 간직한 그곳이 어디던가요
다시는 수양의 땅은 밟지 않겠노라고,
저 북쪽 하늘을 향해 꼿꼿하게 쓰러지신 선비님
머리카락 산발한 채 사지가 찢기는 추국에도
당당하게 수양을 꾸짖던 당신의 의연한 기개에
시방도 가슴이 절로 숙연해집니다
끝끝내 지조를 지키며 목숨을 초개처럼 버리시고
기꺼이 이 땅의 강물이 되어 흘러가신 선비님
님의 숭고하신 충절에 산천의 초목들도 벌벌 떨고
그토록 사랑하신 조선의 땅, 강 언덕에
외롭게 누워 들꽃이 되신 선비님
선비님의 죄라면 힘없는 백성을 가슴으로 품은 죄
서슬이 시퍼런 수양 나리의 땅을 밟은 죄
그 누구도 하늘의 뜻을 막을 순 없고
그 누구도 님의 충절을 꺾을 수는 없었기에
사육신이라는 그 이름 길이길이 욕되지 않았겠지요
수양이 한 떨기 이슬처럼 사라진 이 땅에는
별들도 몸을 던지며
가늘게 부서지는 햇살이 되어 돌아오고
흔들려도 꺾이지 않는 풀뿌리로 돋아나는 자랑스러운 땅입니다

수양을 막아내지 못한 천추의 한이
어린 왕을 지켜내지 못한 서러움이
알알이 박힌 이 땅의 강물 위에
오늘은 누가 또 뜨겁게 몸을 던지는지,
님께서 벌떡 일어나셔서 수양 네 이놈, 하고 꾸짖을 것만 같습니다
이름 없는 들풀 한포기도 큰 울림이 있는 당신의 무덤가에
홀로 굽이굽이 깊어가는 강물을 하염없이 바라보며
죽어서도 더욱 빛나는 그 이름, 충정 공 박팽년 선비님을 다시 불러봅니
다

대충신 사육신

김현정 1995

저 하늘에 걸린 푸른깃발은
누구의 깃발인가

이토록 드넓은 하늘에
먹구름 한점 없어

피바람이 불어와도 흔들리지 않는
저 깃발은

아아, 청렴 그 자체이다.

꺾이지 않는 대나무의 마음으로
오롯이 절개만을 지켜와

저 하늘에 걸린 푸른깃발은
그들의 깃발이다

사 육 신

김혜민 1992

수양산에서 절개 지킨 백이 숙제를 선양하라
하사받은 이름으로도 넘치는 야욕에
결국 조카에게 칼을 겨누고 왕위를 찬탈하니

키가 아직 신하들의 가슴팍에도 닿지 못하였던
면류관이 무거웠던 어린 왕은
채 한 뼘도 크지 못한 채 상왕(上王)이 되었다.

어린 왕에게 충절을 맹세한 여섯 신하는
하늘이 내린 귀한 재주를
한 떨기 피로 세상에 뿌린 채 사라졌다.

세상에 신묘한 재주 가진 이 많다지만
절개와 지조까지 겸비한 자는 많지 않으니
살갗 뚫는 쇠붙이 식었다 다시 달궈오너라
호통치는 자의 기개를 누가 꺾을 수 있었겠는가.

하얀 눈 발에 밟혀 질척댄다고 눈이 아니라 할까.
대나무 바람에 쓰러져도 대나무는 대나무인 것이다.

숙주나물은 후세에도 비웃음을 당하나니
붉게 달군 쇠붙이도 녹이지 못한 절개와
희게 날선 단두에도 꺾이지 않은 지조는
후세에도 길이 남아 숭고한 정신을 기리리라.

대충신 사육신

민병식 1967

서울시 동작구 노량진, 충효의 고장에 있는 사육신 묘, 사육신묘는 스무 살 때부터 자주 찾아가 본 곳이다. 고등학교를 졸업하고 대학 진학을 위해 재수를 하던 시절, 지금처럼 정비되어 있지 않던 때에 가슴이 답답하거나 할 때면 찾아갔던 곳인데 많은 이들이 알다시피 사육신은 조선 단종 때 관료이자 세조에게 맞서 단종 복위운동을 하다가 죽임을 당한 성삼문, 유응부, 박팽년, 하위지, 이개, 유성원 등 6인이며 사육신 공원에 이들의 묘소 및 가묘가 있다. 최근에 가본 사육신 공원은 너무 깨끗하고 단아하게 정돈 되어 있어서 공원을 보는 내내 상쾌한 기분이었다.

사육신은 원래 세종의 신임을 받던 학자 들로 단종의 숙부인 수양대군이 1453년 계유정난을 통해 단종의 동생인 안평대군과 황보인, 김종서 등을 제거하고 1455년 단종의 왕위를 빼앗아 왕위에 오르자 단종의 복위를 모의하다 죽임을 당한 분들로 1456년 명나라 사신의 환송연에서 성상문의 아버지 성승과 유응부가 국왕의 양쪽에서 칼을 들고 지키는 별운검을 맡게 되자 이때 세조를 처치하려하였으나 사전에 발각돼 좌절, 동지였던 김질이 장인 정창손을 통해 세조에게 단종의 복위계획을 밀고하여 사육신을 포함 70여명이 체포되어 대부분 자결을 하거나 주동자가 처형을 당하였다.

사육신 중 박팽년과 유성원을 제외한 4명은 불에 달군 쇠로 맨살을 지지는 작형을 받았고, 사육신 모두 현재의 서울 시청 부근에서 사람을 눕혀 놓고 머리, 두 팔, 두 다리에 밧줄을 매고 마차나 말에 연결시킨 후 일제히 말을 달리게 하여 사람을 여섯 토막으로 찢어 죽이는 거열형을 당했다. 이들의 시신은 3일 동안 효수되었는데 생육신의 한 사람인 김시습이 새벽을 틈타 시신을 수습하였고 한강 너머 노량진에 이들의 묘를 만들었다고 한다. 그렇게 사육신묘와 사육신 공원이 노량진 인근의 노들에 조성이 되었다.

사육신 공원의 담벼락에는 민주화 운동의 선구자 고 함석헌 선생의 글귀가 눈에 박힌다. “사육신이 죽지 않았던 들 우리가 의를 알았겠는가. 고난 뒤에는 배울 것이 있다.” 공원길을 따라 홍살문, 불이문 안으로 들어서면 여섯 충신의 위패가 모셔져있고 좌측에는 정조가 내린 신도비각, 우측에는 1955에 만든 육각비가 세워져 있다. 충의 공간 사육신 공원은 근린공원으로 1년 365일 개장하는데 홍실문, 불이문, 묘역, 의절사, 사육신 역사관 등으로 이루어져 있고 사육신의 위패를 모신 곳에 총 7개 위패가 있다. 이는 후에 김문기의 가묘가 추가되어 총 7명을 모시게 되었다고 한다.

기존에 알려졌던 사육신 이외에 충의공 김문기가 포함된 이유가 궁금하다. 기존의 사육신은 생육신의 한명인 남효온의 육신전 기록에 따랐다. 그후 다양한 역사기록에 의해 김문기의 역할이 매우 컸음이 알려졌다. 국사편찬위원회는 공식적으로 사육신과 동일하게 김문기를 인정하기도 하였는데 노량진 사육신묘에 있는 김문기의 묘는 허묘이다 충북 옥천 이원면 백지리 충의사에서는 김문기 선생의 영정과 위패를 모시고 매 년 추모제를 지내고 있고, 단종의 복위를 위해 목숨을 바친 김문기 선생을 위해 추모 제향을 지내고 그의 충절을 기리고 있다.

성삼문의 묘는 충남 논산에 있다. 충남 논산시 가야곡면 양촌리 산 58번지를 찍으면 성삼문의 재실이 보인다. 재실 앞을 지나면 묘역 가는 길 초입에 하마비와 묘비가 있다. 하마비는 묘역을 오를 때 신분여하를 막론하고 타던 말에서 내려 걸어가야 함을 알리는 석비이다. 거혈형을 당한 후 한 쪽 다리가 이 곳 논산에 묻혀있어 일지총 이라고도 불린다. 논산과는 크게 관련이 없는 성삼문이 왜 이곳에 묻혀 있을까 하는 의문이 남기도 한다. 성삼문이 거혈형을 당하면서 그의 부모, 형제, 자식가지 모두 처형되었고 여자들은 노비가 되어 지금 후손 들은 남아 있지 않다고 하니 그의 충정을 더 높이 사야한다는 생각이 들었다

한편 대구광역시 달성군 하빈면 묘리에는 사육신을 위패를 모신 사당이 있는데 바로 육신사이다. 처음에는 충정공 박팽년의 후손에 의해 배향되어오다가 선생의 현손인 계창공이 선생의 기일에 여섯 어른이 함께 사당문에서 서성거리는 꿈을 꾸고 나머지 다섯 분의 제물도 함께 차려 사육신을 배향하였다고 한다. 사당의 중앙에 충신, 열녀, 효자 등을 배출한 집안이니 마을에 설치했던 홍살문이 설치 되어있는 것이 특이하다.

누구나 역사 유적지에 가면 유적지의 주인공과 그 시대를 상상하게 된다. 사육신 묘에 가면 자연스럽게 조선시대 세조와 단종을 떠올리게 된다. 수양대군으로 알려진 세조는 조선왕조 7대 왕으로써 부친 세종의 업적을 계승한 치적도 많고 조선왕조의 기틀을 마무리 하고 왕권강화를 통해 국가를 안정시킨 업적이 크다. 그러나 그런 업적을 이루었더라도 그가 왕위를 옳지 않은 방법으로 찬탈할 것에 대해서는 비판을 받는다. 결국 결과를 위해서 옳지 않은 수단을 써도 된다는 뜻이 아니라는 것이다.

반면, 단종은 너무 어린 나이에 왕좌에서 쫓겨나고 아무런 업적을 남기지 못했다. 그러나 단종을 위해 목숨을 바쳤던 신하들의 묘와 관련 장소, 충의 정신은 후세에 영원히 기억되며 보존되고 있다.

이러한 일련의 현대를 살아가는 우리에게 커다란 교훈을 준다. 결과만 좋으면 된다는 것이 오늘날의 사회에서는 통용되고 있다. 결국 과정이 잘못되었을지라도 결과가 좋다면, 커다란 이익을 얻는다면 그 과정이 불공정해도 괜찮고, 저지른 잘못은 아무 것도 아닌 것처럼 만들어지며, 해도 괜찮은 잘못 쯤으로 치부된다는 생각 들은 참으로 잘못된 것이다. 무엇이 옳고 그른지 따지지도 않고 결과만을 중요하다고 생각해서는 안된다. 물론 결과도 중요하겠지만 그 과정이 온전하지 않다면 스스로에게도 타인에게도 떳떳할 수 없다. 바로 세종의 왕위 찬탈 사건을 통해 우리는 삶을 살아가는 올바른 가치관을 얻을 수 있는 것이다. 역사는 우리가 삶을 살아가는 데 있어서 커다란 교훈을 주고 때로는 길잡이가 되어준다. 지금 우리 사회의 모습이 진짜 과정은 정의롭고 결과는 공정한지 생각해보아야 한다. 위정자들 뿐만 아니라 국민 하나하나가 자신의 삶 속에서 사육신의 충성 어린 죽음을 통해서 배워야 할 것이 무엇인지 진지하게 되돌아보아야 할 때이다. 청렴한 나라, 공정한 사회는 어느 한 사람의 힘으로 만들어 가는 것이 아닌 국민 모두가 바른 의식을 갖고 참여해야 하는 나라의 운명을 결정짓는 충이라고 말하고 싶다.

사육신의 忠

박덕은 1952

용의 머리에 거북의 몸이 왔다
하늘에서 북소리 울리고
외줄 타는 달빛
툭 떨어지기 전에 왔다

등딱지에 박힌
훈장 같은 결의가
희고 날렵했다

단종의 복위를 꿈꾸는 의지들이
구차하게 살 수 없다는 듯
끝까지 저항했다

사무친 함성이
피맺힌 절벽 딛고
천년은 갈 거라는
소문만 떠돌았다

거북은

반듯한 충忠의 비문을 등에 지고
모래톱 위에 신화 풀어놓는
바다의 얼굴이 되고자 했다

맹렬하게 뒤쫓아오는 해일 앞에서도
무릎 꿇지 않는 기개
짓뭉그러진 밤을 박차며
두 눈 부릅떴다

심장을 주춧돌로 탈바꿈시키며
오로지 한 생각으로
충忠을 완성해 갔다.

*비희: 거북이를 닮은 상상의 동물로 비석의 주춧돌로 조각된다

층계에 오르다

박상준 1993

다른 체온이 있겠습니까, 감각을 잃어버리고 그늘진 곳을 오래 쳐다본 까닭으로 커다란 먹구름이 피겠습니까, 현실의 층계는 우주까지 모자라 소조를 쌓고
두 손으로 마루의 등받이를 꼭 쥐어도 자글자글한 주름의 심연은 모를 테니까요

응어리진 잔배(殘杯)를 떠먹어도 오랫동안 산등성의 뒤 겨울은 늙지 않습니다
흐르는 냇물에 등을 맡겨도 이대로 연못의 편지를 투절(偸竊)할 순 없을 겁니다
붉은빛의 모자가 동향(冬享)을 숙입니다,
몇 송이의 수국에 갈모를 씌우고 우주의 혜안을 답합니다

두 무릎이 닿는 곳, 속삭임의 물결이 마구잡이의 하늘이 되어도
투명한 성좌는 두 개의 입술로 포개질 순 없겠습니다,
단순한 황홀감을 품은 온 병풍이 행각을 에우며
노을과 같이 불행의 안무 속으로 파고 들어갑니다

저 말에서 내려 나지막한 돌계단을 지레 밟으며
두 손으로 홍월을 감싸 안아봅니다
저편에서 바라본 열(悅)의 수치심의 노래가 도착할 테고,
어쩌면 현리(玄理)가 돋아날 테죠
하고픈 말이 남거든 회색빛의 관모와 침묵의 통로를 걷겠습니다

별이 지는 밤

박성빈 2003

세상에 장마 지면
지붕 끝에 매달려 흔들리는 저 하늘

서슬 퍼런 수양버들
고요한 뜰에 비를 몰고 왔다.
문 열면 후둑후둑 매섭고도 찬비
그칠 줄 몰랐지만

오랜 비에 녹아내려
몸이 사라질지라도
희미한 하늘 얼룩지고
별조차 타닥타닥 꺼질지라도

여섯 충신의 감각은 하나였다.
진실을 숨기고
높은 나무에 피는 꽃
받들 수 없었다.

수양산 그늘 아래서는

고사리 나물 한 종지
취할 수 없었다.

계유(癸酉)년의 바람은
여섯 그림자만 떠내어 흔들었고
하늘의 별빛 꺼질 때
세상에는 서리 맞은 가랑잎 내려앉았다.

그러나
밤이 깊으면
별이 더욱 깊어지는 것이었다.

울창한 세월
태양계를 도는 진실이
먼 데 별을 빛으로 불러 모았다.

2000.. 그 겨울

박성한 1981

상행선 무궁화호는
서울역 어딘가 스무살 청년을
데려다 주었다.

674번 버스정류장에 달달 떨면서 내렸던 그 청년
교과서속 사육신묘를 보았고
뜨거운 가슴으로, 죽음으로 무엇을 지키고자 했던 여섯 젊은이를 보면서
그는 굳은 결심을 했을 것이다.

1453년 겨울
수양이 흘린 피는
여섯의 뜨거운 심장
죽음으로 지킨 그 시간들
그 청년은
가슴속 깊숙이 새겨놓았을 것이다.

2020년 그해 겨울
스무 해도 넘어
674번 버스정류장에

다시 돌아온 중년의 사내는

오른 집값에 분노하고, 놓친 주식에 절망하고 있다.

오직 살기위해 사는 중년의 사내가 되었다.

2000년 그 겨울을

죽음으로 죽음을 값지게 한 그 겨울을...

오늘도 한강은 흐르고

674번 버스는 여전히 멈출 것이다.

그렇게 세월은 흐를 것이다.

이 누가 하리오

박세은 1999

국가의 불의를 어찌 보고만 있을 수 있겠소
내 몸 바쳐 역사를 바로잡지 아니한다면
이 누가 하리오

충절 없는 신하가 부귀영화인들 무슨 소용이겠소
내가 나서서 투쟁하지 아니한다면
이 누가 하리오

죽음 앞에 초연할 사람 누가 있겠느냐마는
사지가 찢긴대도 절의를 지킬 수 있다면
기꺼이 내 하리오

나라 위한 그 마음, 천 년을 가리니

박소영 1985

어좌에 앉은 건 열두 살, 단종은 어린 왕이었다.
여섯 충신은 어린 왕의 할아비를 기억한다,
그와 집현전에서 미래를 그리던 그 때를.
밤새우며 논했던 대의, 충절, 충효, 정통, 적통.
그것이 조선을, 사대부를 이루던 근간이었을 것이다.

시대는 변했다.
무게를 이기지 못해 흘러내리던 왕관은 기어코 숙부에게 찬탈 당했다.
숨어든 산비둘기마냥 숨죽이던 어린 왕은,
여섯 충신이 기꺼이 자신을 바치기엔 너무도 앳됐으리라.

하늘 아래 어찌 두 임금을 섬기랴.
목숨을 부지하려 했다면 그리도 정직한 피를 흘리지 않았을 것이다.
여섯 충신은 보았으리라
어린 왕과 그의 아비가, 할아비가 꿈꿔왔던 조선의 앞날을.
세속의 영달을 넘어선 신념은 생과 사를 가르며
그렇게 여섯 충신의 이름을 역사에 피로 새겼다.

어깨를 움츠리게 되는 10월, 사육신 공원을 걸어본다.

나라 위한 그 마음 천 년을 가리니, 죽었으되 죽은 게 아니리라.
육신은 흩어져도 절개는 잊히지 않는 법,
여전히 생생한 여섯 충신에 오늘날 우리를 비춰본다.

우리는 대의를 위해 스스로를 던질 수 있는가.
옳은 것을 옳다고, 그른 것을 그르다고 당당히 말할 수 있는가.
열두 살, 코흘리개 어린 왕에게 바쳤던
여섯 충신의 지조를 지금도 돌아보는 까닭이다.

군제(君啼)

박소정 2003

날붙이 치켜들고 곤룡포 잘라내어
그 조각 짓밟고서 당도하신 이무기여,
당신 입 여의주 잃어 악취만이 가득하오.

새까만 태양에게 시위를 당기고서
유월의 설천(雪天)에도 굴하지 않았으니
으깨져 핏물 떨구는 매화마저 아름답다.

천하에 핏물 먹은 난향기 비산하니
천지 간 푸르게 선 대나무 곧으리오,
떨구는 국화 향기에 정념만이 남는가.

사 육 신

박신희 1994

내 죽음 뒤편의 얼굴을 보라
올곧은 관념은 흐르지 않는다
큰 강은 호젓하게 온몸으로 땅을 쓰다듬으며 아래로 흐른다
눈에 보이는 것보다 마음으로 보이는 것을 지키는 것
눈앞의 권력에 기대는 것은 사치스러운 휴식이 아닌가
내 시선은 과녁처럼 정확하게 한 중간의 점처럼 신의를 가르킨다
들숨이 있으면 날숨이 있듯이 한 길을 지킨다
나는 꽃향기에 묻혀 죽은 것이 사는 것보다 더
향기롭다는 것을 보여주고,
몇 번을 쥐었다 폈다 각오를 다짐했던 손인지
이제 손바닥이 거칠어진다
다시는 못 볼 얼굴에 대해 생각한다
순결을 위하여 절대 중심을 찾는 나의 눈동자여
죽음 앞에서도 흔들리지 않음이 내 의지다
나는 목소리가 되지 못한 말들과
내 안에서 살아서 피처럼 뛰어노는 믿음 사이에 있다
칼이 목을 스쳐가는 가벼움과
내가 끝까지 쥐고 있던 신념의 무거움을 기억하며

또 하나의 단심가

박영권 2001

백주에 태양이 밝게 떠오르는데

어찌 달을 두고 태양이라 부르겠는가

건재한 용이 하늘을 나는데

어찌 한낱 뱀을 용이라 하겠는가

일백 번 고쳐 죽어

육신은 땅에 흩어질지언정

혼만은 일편단심

전하의 곁을 지키리라

마 음 만 은

박찬희 1965

한양에 떠올랐던 충절의 표상이라

오백년 기려온 님 오늘도 그러하니

육신은 유린당해도 마음만은 청청타

단 심 가

박현주 1972

학창 시절에 국어 시간에 성삼문의 '단심가'를 배웠다. '이몸이 죽어가셔 무엇이 될꼬하니' 로 시작하는 시조는 역시 고려의 충신인 정몽주의 단심가를 연상하게 했다. '이 몸이 죽고 죽어 일백번 고쳐 죽어' 라고 시작되어 성삼문의 '단심가' 와 비슷하다는 생각이 들었었다. 그들은 모두 충신으로 역사에 기록되어 몇 백년 아름다운 이름을 전해 오고 있다.

몇 해 전 굉장한 인기를 끌었던 드라마가 있다. '공주의 남자'가 그것이다.

세조로 등극한 수양대군의 딸과 당시 좌의정이었던 김종서의 아들의 가상의 사랑을 그린 드라마였다.

계유정난을 배경으로 수양대군에 맞서는 딸의 심정에 대한 동질감에 젖어 몇 년 전 가을 푹 빠져 있던 드라마였다. 이후 그녀는 공주가 되었어도 공주로서의 모든 지위와 권리를 포기한 채 자신이 옳다고 믿는 뜻을 지키면서 살아간다는 이야기였다.

이 드라마는 당시 시청률 20%라는 높은 인기를 끌었으며 24회로 마무리되었다. 그 중 19회가 특히 '사육신'에 대한 장면을 그렸는데, 사육신의 이야기는 보는 이들의 마음을 절절하게 만들고 다시 한번 사육신의 깊은 뜻을 되새길 수 있는 기회가 되었다.

단종의 복위를 계획하다가 1456년 6월 거사 직전 김질의 밀고로 발각되어 체포되었던 성삼문 등의 사육신. 어릴 적 처음 사육신의 이야기를 접하고 마음 깊숙이 감동받았던 사실. 그러한 존경심에 비록 드라마라도 허투루 볼 수 없어 특히 사육신에 대한 내용을 그린 장면에 집중했다.

성삼문, 박팽년, 이개, 하위지, 유응부, 유성원. 사육신들의 이름 하나하나 드높은 기개와 큰 뜻으로 기꺼이 도리를 위하여 이생의 안락한 부귀공명의 삶을 찾아갈 수 있었음에도 포기했던 사육신의 이름은 청사에 길이 빛날 것이라.

사육신들에 대해 더욱 경외감이 드는 사실은 그들의 거사 계획으로 인해 피해를 보았던 것은 그들 자신만이 아니었다는 사실이다.

당시 '삼족을 멸한다' 라는 말처럼 사육신들은 그들의 아버지, 아들들 모두 처형당했으며, 그들의 부인, 딸들은 모두 노비가 되는 비참한 일을 겪었다. 사육신들은 자신들의 목숨을 바쳤을 뿐만 아니라 멸문지화까지 불러 왔던 것이다.

그럼에도 불구하고, 사육신들은 죽음 앞에서 당당했다. 자신들의 굳은 뜻을 꺾지 않았다. 수많은 회유와 장래를 보장하는 말들이 오고 갔을지라도 그들은 굳건히 목숨을 버렸으며 그만큼 그들의 마음 속에 품은 뜻을 중요시했던 것이리라.

어린 시절 사육신의 이야기를 담은 그림책을 보았던 것이 생각난다. 성삼문과 그 아들들을 함거에 싣고 끌고 가던 삽화가 어린 아이의 눈에 꽂혔다. 집현전의 성공한 학자에서 하루 아침에 아들들과 함께 함거에 끌려 가고, 부인과 딸들은 모두 노비가 되어 끌려 가는 장면을 담은 그림은 지금까지도 잊혀지지 않는다.

기록에 따르면, 성삼문의 아버지인 성승뿐만 아니라 삼승, 삼빙 등 아우들, 아들들이 모두 처형되었다. 모든 사육신들이 같은 일을 당했다.

의정부 부근에 신숙주의 묘가 있다. 성삼문과 동량으로써 세종대왕의 총애를 받았고 세종이 단종의 안위를 부탁한 이다. 그러나 신숙주는 성삼문과 전혀 반대의 길을 살았고 다른 뜻을 추구했다.
'숙주나물'과 신숙주를 빗댄 이야기도 전해져 오고 있지 않은가. 사육신의 아름다운 이름은 수백년을 충신으로 기려져 오는데 반해 신숙주의 이름은 사정이 어떠한가. 비록 신숙주는 이생에서는 부귀영화를 누렸을지라도 사후 수 백년의 세월동안 그 평가가 어떠했는가.

나의 외가는 영일 정씨 후손으로 선산이 강화도에 있다. 고려 시대 충신 정몽주의 후손이다. 영일 정씨 선산이므로 당연히 선산에 있는 여러 묘의 성씨는 영일 정씨이다. 그러나 전혀 다른 성씨의 묘가 눈에 띄었다.

'호조좌랑 권개 지묘'. '권개'에 대해 인터넷으로 검색해 보았다.
'권개(?-1468): 조선 세조때의 문신, 계유정난 때 수양대군에 협조한 공으로 좌익 공신에 책봉'

맙소사, 외가 선산에 세조에게 협력한 사람이 묻혀 있다니. 비록 권개의 후손들에게 분묘기지권이라는 것이 있다 하더라도 엄연히 이 선산의 주인은 외가이리라. 사육신의 반대편에 서서 사육신의 뜻에 어긋난 왕을 세운 것에 협력한 이가 선산에 있으면 되겠는가. 갑자기 분노가 일었다.

그런데 이것이 다가 아니었다. 권개가 당시 공로로 윤경의 아내와 성삼빙의 아내를 노비로 받았다는 것이 아닌가. 성삼빙이라면, 사육신 중 성삼문의 동생인데, 그의 아내를 노비로 받아 호의호식, 부귀영화를 누렸을 자가 외가의 선산에 조용히 묻혀 있으면 되겠는가.

'외가 분들께 이야기해서 권개의 묘를 파묘해 가라고 해야 되겠다' 고 결심했다. 그러다가 권개의 사망년도가 맞지 않는 것을 발견했다. 선산의 권개는 1526년에 사망했는데, 세조에 협력했던 권개는 1468년에 몰했지 않은가. 동명이인이었다. 사육신을 해치는 데 공을 세운 사람이 아니었다. 다른 '권개'였다.

'권개' 라는 이름이 흔한 이름이 아닌데, 어떻게 동명이인이 있을 수 있으랴. 그러나 실제로 동명이인이었다. 다행히 파묘에 대한 생각은 접을 수가 있었다.

사육신이 이미 조선왕조시대에 복권되었지만, 그 후로 600년에 이르는 지금까지도 그들의 죽음과 그 가족들의 죽음, 노비가 된 사정을 생각하면 억울하고 구슬프다.

성삼문이 지은 '절의가' 중 '이몸이 죽어가셔 무엇이 될꼬하니'에서 이미 자신의 죽음 그 너머를 보고 있었다는 점에 마음이 숙연해진다. '독야청청' 하겠다는 범접할 수 없는 성삼문의 절개에, 사육신의 죽음 앞에 옷깃을 고치지 않는 사람이 어디 있으랴.

세상은 지금 전염병 시대를 겪고 있다. 코로나 바이러스로 인해 국가간 여행길이 닫히고, 지금까지 한 번도 겪지 못한 나날을 다들 두려움 속에 살아가고 있다. 혹자는 이것이 물질만능주의에 빠진 세계에 대한 자연의 경고라고도 한다.

사육신의 정신세계가 어느 때보다도 절실히 요구되는 때이리라. 자신들의 입신양명보다, 현생의 생명보다, 가족들의 안위보다 그들이 더욱 가치를 두었던 깊은 뜻에 대한 회복이 현재 우리에게 요구되는 것이 아닐까 생각해 본다.

비록 유럽을 휩쓸었던 흑사병, 스페인 독감 등 맹위를 떨쳤던 전염병의 역사가 짧지 않지만 그래도 하루하루 다르게 발전해 온 현대 문명에서 대규모로 몰살되는 전염병은 더 이상 없을 거라 생각했다. 그러나 의학이 눈부시게 발전한 현대에서도 코로나 바이러스를 막지 못하고 있다. 백신의 개발이 늦어지고, 다들 우왕좌왕이다. 아무리 현대 과학기술이 발달한다고 해도 그것을 지배하는 것은 인간의 정신세계이다.

어려운 시기에 사육신의 송죽과 같은 정신세계를 되뇌어 다시금 회복하는 영양분으로 삼아야겠다.

해 바 라 기

배동철 1965

사육신의 주검 위에 핀
해바라기 꽃.
한 곳만 바라보다
새까맣게 눈이 멀고
사자의 깃털처럼
노랗게 세운
꽃잎
그 기상이 범상치 않다.
자나 깨나
님을 향한 마음
비바람도 흐트려 버릴 수 없으니,
사지 찢겨져
비명 소리 천둥처럼
세상을 뒤흔들어도
죽음보다 더 무서운 건
불충이었으니.
그 마음 지지 않고
수백 년 한결같네.
어찌하랴! 역사는 승자의 것.

그대들은 반역자였다.

가족이 노비로 팔리고

명예가 시궁창에 버려지고

시체조차 찾을 수 없었어도

그대들의 반역은

지워지지 않는

가르침이 되었다.

피보다 붉은

님을 향한 마음들이

오롯이 서서

오늘, 오직

일편단심으로 울고 있네!

그리움에

떨고 있네!

대충신 사육신

배수연 1980

한가위라 달이 밝다. 아이들은 방아 찧는 토끼를 찾느라 분주하고, 어른들은 두 손 모아 소원을 비는 달. 나는 시조 한 수를 떠올린다.

까마귀 눈비 맞아 희는 듯 검노매라
야광명월이야 밤인들 어두우랴
임 향한 일편단심이야 변할 줄이 있으랴

이 작품은 단종 복위 운동에 가담한 죄로 투옥되었을 때 박팽년이 세조의 하여가에 대한 답가로 지었다고 알려져 있다. 이 시조는 잠깐 내린 눈비를 맞아 고귀한 척 위장하고 권세만을 좇는 무리는 까마귀에, 단종에 대한 의리를 지키는 이들은 어두운 밤 밝게 빛나는 달(夜光明月)에 빗대며 단종에 대한 변치 않는 충성심을 선명하게 드러내고 있다. 박팽년은 예문관대제학과 형조판서를 지낸 박중림의 아들로, 17세의 나이에 관직에 올랐고 집현전 학자들 가운데서도 학문, 문장, 글씨가 모두 훌륭해서 세종이 '집대성'이라는 별칭을 하사했던 천재였다. 지금으로 치면 최고의 엘리트 집안에서 태어난 뛰어난 학자이며 문장가이고 행정가였던 셈이다. 현재 작품집은 전해지지 않으나 시조 한 수만으로도 충의에 대한 깊이 있는 사유와 남다른 문학적 감각을 엿볼 수 있다.

달은 해가 떠 있는 낮에는 보이지 않는다. 해가 지고 어두워지면 칠흑 같은 어두움 속에서 비로소 달빛은 더욱 밝아지는 것이다. 흔히 왕을 태양에 비유하는 것을 생각하면, 왕이 힘을 잃었을 때 하늘을 밝히는 일은 남아있는 충신의 몫이라 할 수 있겠다. 그는 죽음으로 신하로서의 마지막 소임을 다한 것이다.

문초가 어찌나 가혹했는지 박팽년은 옥살이 5일 만에 죽음을 맞는다. 자신의 마지막이 가까워왔음을 알았고, 심지어 그 마지막을 기꺼이 자처했던 닷새였다. 스스로 마음을 돌리지 않으면 자신 뿐 아니라 부모, 형제, 어린 아들들, 임신 중인 아내가 어떠한 일을 당하리라는 것을 누구보다 잘 알고 있었다. 고통과 번민 속에서 잠 못 이루고 달빛이 희미해질 때 즈음 까무룩 정신을 잃었다 다시 모진 고문을 받았을 그를 생각하면 존경심과 더불어 인간적인 애틋함에 가슴이 조여 오는 듯하다. 사육신의 마지막이 모두 그러하듯, 박팽년이 세조에 반한 죄의 대가는 실로 한 인간이 감당하기 어려운 것이었다.

의금부(義禁府)에서 아뢰기를,
"청컨대 허조·박팽년·유성원의 시체를 거열(車裂) 하고, 목을 베어 효수(梟首) 하고, 시체를 팔도에 전(傳)하여 보일 것이며, 그 재산을 몰수하고, 연좌된 자들도 아울러 율문에 의하여 시행하소서."

하니, 명하기를,
"친자식(親子息)들은 모조리 교형(絞刑)에 처하고, 어미와 딸·처첩(妻妾)·조손(祖孫)·형제(兄弟)·자매(姉妹)와 아들의 처첩 등은 극변(極邊)의 잔읍(殘邑)의 노비(奴婢)로 영구히 소속시키고, 백·숙부(伯叔父)와 형제의 자식들은 먼 지방의 잔읍(殘邑)의 노비로 영원히 소속시키고, 그 나머지는 아뢴 대로 하라."
하였다. (세조실록 4권, 세조 2년 6월 7일 을사 2번째 기사)

어린 조카에게 왕권을 빼앗은 세조와 그를 옹호하는 간신들은 철저한 응징으로 권위를 세우고자 그 시신이 편안히 잠드는 것조차 허락하지 않았다. 시체를 거열하고 목을 베어 팔도 백성들에게 두루 보이도록 하였고 아버지 박중림(朴仲林), 동생 박대년(朴大年)과 아들 박헌(朴憲), 박순(朴珣), 박분(朴奮)이 모두 처형되어 그야말로 멸문의 화를 입는다. 당시 뱃속에 있었던 아들은 박팽년의 아내와 같은 시기에 출산을 한 시종의 지혜로 목숨을 부지하여 성종 때에야 복권(復權)이 되었다는 이야기 또한 유명하다.

재산과 명예를 잃을망정 본인과 가족의 안위가 보장된다고 하면 세조에게 충언을 할 수 있는 사람이 백(百)의 하나, 단종에게 왕권을 되돌려주고 나라를 제대로 세울 수 있다면 자신의 모든 것을 바칠 수 있는 사람은 만(萬)의 하나가 될까? 하지만 당시 박팽년의 희생은 아무런 소득도 기대할 수 없는 것이었다. 단종에게 의리를 지킨들 그의 복위가 성사될 리는 없었고, 본인의 가문만이 처절하게 핍박당할 것을 스스로 가장 잘 알고 있었다. 그야말로 당시로서는 무의미한 투신이었던 셈이다. 마음을 돌릴 명분이 없는 것도 아니었다. 인재를 아깝게 여긴 세조의 거듭된 회유를 물리치며 박팽년은 죽음을 맞는다. 범인(凡人)들은 이해할 수 없는 희생이다. 무언가를 기대하거나 계산한 선택이 아니었기에 그 숭고한 정신은 500년이 지난 지금까지도 사람들의 가슴에 적지 않은 울림을 준다.

박팽년의 죽음은 헛되이 보였으나, 그 죽음으로 말미암아 왕위찬탈의 전말과 세조의 부당성이 지금까지도 생생하게 전해지고 있다. 육신의 죽음을 선택했기에 그 정신은 아직도 숨 쉬고 있다. 이러한 역설을 생각하면 박팽년의 마지막 저작이 된 시조 <까마귀 눈비 맞아>에서 스스로를 달에 비유한 혜안이 더욱 놀랍다. 박팽년의 마지막 닷새 밤을 지켰던 달의 모양을 지금도 그대로 볼 수 있으니 말이다.

우리는 평생 선택을 해야 한다. 뻔히 보이는 눈앞의 이익과 꼭 지키고 싶은 양심 사이에서. 안위와 소신 사이에서. 욕심은 판단력을 흐리게 하고, 마음의 소리를 무시하게 만든다. 우리는 박팽년이 바라봤던 달을 함께 응시해야 한다. 스스로의 선택이 육신의 위치를 정하듯, 정신 또한 죽일 수도 살릴 수도 있기 때문이다. 요즘은 나라와 민족은커녕 윤리와 사상도 돈과 출세 앞에서는 뒷전인 듯하다. 이익을 대놓고 좇는 것이 부끄럽지 않으며 사리사욕을 채우는 것이 당연한 시대이다. 오히려 마음의 중심을 지키며 살아가는 사람이 어리석어 보이는 시대. 무엇이 옳고 그른지, 어떻게 살아야 하는지에 대한 고민은 사치라고, 경쟁에서 이기고 남들보다 먼저 좀 더 많이 갖는 게 우선이라고 떠들어대는 시대. 어쩌면 우리는 여전히 깜깜한 밤길을 걷고 있는지도 모르겠다.

해 바 라 기

배준혁 2003

나는 해바라기요
비가 오나 눈이오나
하나의 해만을 바라보는

나는 오직 해바라기요
북악산서 먹구름이 몰려와
해를 가려버릴지라도
해만을 바라보는

나는 그래도 해바라기요
먹구름이 빗줄기를 몰고 와
내 몸을 무너뜨릴 지라도
해만을 바라보는

나는 이래도 해바라기요
빗줄기가 돌개바람을 몰고 와
옆에선 이들을 쓰러뜨릴지라도
해만을 바라보는

나는 아직 해바라기요
어둠이 결국은 해를 밀어내고
마지막 남은 달빛마저 가로막을지라도
해떠있던 자리만을 바라보는

나는 해바라기요
이제는 바라볼 해가 없을지라도
나는 영원히 해바라기요

녹슨 도끼

서지훈 2003

작은 의문이 목 안에 걸렸지만, 아무 말도 하고 싶지 않았다. 말을 하게 되면 그것은 변명이 되고, 망설임이 되리라. 내가 지금부터 하려는 행동은, 어쩌면 나라의 운명을 뒤흔들 수 있는 행동. 명백한 위법 행위. 정의라 부르는 간편한 것을 두를 수 있을 정도로 살인은 가볍지 않다. 결코, 용서받지 못할 행동. 그런데도 그것을 행하려, 나는 움직이고 있었다.

터벅터벅. 터벅터벅. 오늘따라 궁을 향하는 발걸음이 무겁기만 하다. 분명 도끼가 무겁기 때문일 거라며 애써 위안 삼으며, 쉬지 않고 걸었다. 쉬는 순간 죄책감이 몰려올 것만 같아, 서둘렀다. 그러다 돌멩이를 밟고 넘어져, 목이 부러질 뻔했다.

누구에게도 들켜선 안 된다. 덕분에 평소 잘 안 입는 옷을, 아마 평생 입을 일 없을 것 같은 옷을 입고 왔는데, 여간 불편하기 짝이 없다. 도끼를 숨길 곳도 마땅치 않았다. 여기까지 들어온 것만 해도 기적적인 일이다. 내가 이 나이 먹고 뭐 하는 짓인지, 몸에 기운이 빠지고 정신이 가끔 멍해지기도 하지만, 여기까지 와서 되돌아갈 수도 없다. 오늘 이곳에서 누군가는 피를 봐야 한다. 그것이 궁을 무단 점령한 저 무뢰배이든, 궁궐로 향하는 나든 상관없이.

적에게 피를 보여줄 각오도 하고 있다. 실패해도 내 목이 날아가리라. 결말이 죽음밖에 없다면, 끝까지 애절하게 발버둥을 치는 것도 나쁘지 않다. 그게 내 삶의 방식이었고, 나는 이런 삶의 방식이 좋았다. 물론 이것과 관련하여 동료들과 불화는 많았지만, 마지막인 만큼 좋은 추억이었던 것으로 포장하고 넘어가고 싶다.

궁녀들이 급히 오가는 모습이 보였다. 저렇게 허둥대는 모습은 웬만하면 볼 수 없는 일이다. 한 명쯤 붙잡고 무슨 일이 있었는지 물어보고도 싶었지만, 짐이 있는 터라 관두기로 했다. 궁의 중심부로 다가갈수록 긴장감은 커져만 갔다. 머릿속으로 앞으로 있을 일들을 몇 번이고 그려봤지만, 떨리는 건 마찬가지다.

나는 오늘 거사를 치른다. 어린 날, 과거시험을 봤을 때도 이렇게 떨리지는 않았다. 붓으로 죽일 수 있는 게 종이와 마음뿐이었다면, 도끼로 죽일 수 있는 건 많기도 하다. 하지만 자고로 충신이란 도끼를 드는 자다. 나는 오늘, 충신이 된다. 곁을 지나던 신하 중 한 명이 흠칫 놀라는 모습을 보였다. 과연 감이 날카로운 자다. 내 궁에 있었을 때부터 감이 날카로운 자들을 여럿 봐왔지만, 이놈은 특히 더 그런 듯하다. 나는 아무 일도 없다는 듯 무덤덤한 표정을 지으면서 애써 그놈을 지나쳤다.

제발 아무 일 없길 바라면서 종종걸음으로 걸었으나, 심장이 벌렁벌렁 뛰는 건 막을 수 없었다. 나는 오늘 사람을 죽인다.

무뢰배의 목소리가 들려왔다. 조카를 물리치고 왕의 자리를 빼앗은 뻔뻔스러운 자다. 그는 뻔뻔하기가 단단한 거북이 껍데기와도 같아서, 오히려 도끼질 한 방으로 죽지 않을지도 모른다. 그 흉악하기 짝이 없는 상판대기는, 도끼 앞에서도 겁을 먹지 않고, 오히려 눈을 부라리고 있을지 모른다. 상대가 그라서 다행이라고 생각했다. 만약 상대가 그가 아니었다면, 그보다 연약한 자였다면, 나는 진즉에 궁을 떠나 방랑하는 쪽을 택했을 것이다.

문제는 그 무뢰배에게 붙은 무뢰한들이다. 녀석들은 간사하게도, 충과 예의를 저버리고, 권력에 굴복하는 쪽을 택했다. 참으로 딱하기도 하다. 그런 형편없는 자들만 갖고 어찌 나라를 다스린단 말인가. 나라란 자고로 현명한 왕과 진솔한 신하들로 구성되어야 하거늘, 거짓말쟁이들이 신하의 자리를 자처하고 있으니, 이것이 우스꽝스러운 일이 아니면 뭐일까.

나는 그 무뢰배가 있는 곳까지 한 발 한 발 가까워져서, 어느새 녀석과 열 자 정도의 거리에 서 있었다. 조금 전부터 궁녀들이 소란스럽지만, 체면을 포기하면 무뢰배의 머리를 베는 건 무리도 아니다. 오히려 조금 무리하는 것으로 해결될 일이라면, 무리하지 않을 수 없다.

그런 생각을 품으면서 도끼를 품에 안고 있으니, 어쩐지 등골이 서리는 느낌이었다. 황급히 뒤를 돌아보니, 그곳에는 나와 자주 대립하던 최 씨가 서 있었다. 여기는 무슨 일로, 라면서 다소곳이 묻는 최 씨 앞에서 나는 벌벌 떨기만 했다. 까딱하면 시도조차 하기 전에 목이 날아갈까 봐 아무 말도 하지 못하였다. 최 씨는 그런 나의 모습이 이상하게도 보였는지, 무슨 안 좋은 일이라도 있냐고 물었다. 나는 그런 그를 무시하기에도 무안해서, 무심코 입을 열긴 했으나, 무슨 말을 해야 할지 몰랐다.

"그래그래. 그대가 나에게 말을 걸어왔군, 그래. 나? 나는 별일 없다네. 그저 방랑을 시작하기 전에 전하 용안도 살피고, 개인적으로 뒷정리할 게 있어 온 거라네. 아 참. 그대를 찾고 있었네. 그대를 찾는 사람이 있었다네. 얼굴은 달걀형에 코는 오뚝하고, 한번 보면 잊어버릴 리 없는 미인이 궁 앞에서 그대를 기다리고 있었네. 알겠으면, 당장 가보게나. 미인이 사라지기 전에."

나는 존재하지도 않는 미인을 만들어내어 최 씨를 멀리 보내려고 했다. 하지만 최 씨가 보여준 반응은 너무 침착하고 고요하여, 내 기대를 완전히 벗어났다.

"거, 잘 생각했네. 방랑하며 지내겠다고? 그것도 나쁘지 않지. 내 그대와는 늘 싸우기만 했지만, 그대를 좋은 벗 정도로 생각했네. 떠나는 날은 언제인가?

내 이 사람아, 내가 떠난다는 벗을 놔두고 당장 미인에게 달려갈 정도로, 예의를 모른다고 생각하는가? 자고로 좋은 벗이란 희로애락을 함께 해야 하거늘. 날 좋은 김에 어디 양지바른 곳을 찾아가서, 같이 술이나 마시며 기탄없이 이야기나 나누도록 하지. 내가 좋은 곳을 알고 있네. 분명 그대도 맘에 들 걸세."

"나쁘지 않은 말일세. 하지만 내 지금은 당장 할 일이 있으니, 다음에 마저 이야기하도록 하지. 그나저나 그대는 할 일이 있지 않은가? 미인이 외로워할 거네. 내 걱정은 하지들 말고, 어서 가보게. 어서."

나는 당황한 기색을 감추기 위해, 애써 이야기를 짜내었다. 최 씨는 의아한 표정을 지으면서도, 등을 돌려 내게서 멀어져 갔다. 겨우 한 고개 넘었을 뿐인데, 도끼를 쥔 두 손이 땀으로 흠뻑 젖어 있었다. 살인은 쉬운 게 아니라고 다시금 생각하면서, 나를 대신할 사람이 있었으면 좋겠다며, 아쉬운 듯 입맛을 다셨다. 수는 많지 않아도 좋다. 많아도 여섯 명 정도면 충분하다. 그 행위가 어린아이 물장난처럼 소극적일지라도, 저 무뢰배와 반대되는 뜻을 가졌다면, 그걸로 충분하다. 충신이라는 말도 필요 없다. 나는 그저 신하로서, 한때 신하였던 자로서 도끼를 휘두르러 갈 뿐이다.

마침내 무뢰배의 상판대기가 안계에 들어왔다. 나도 참 미덥지 않지만, 녀석도 마찬가지다. 대체 저 모습에 어디에 인품이 있고 어디에 인덕이 있는지, 나로서는 알지 못할 일이다. 오히려 나를 벗으로 대하였던 최 씨가, 비록 나와는 합이 맞을지 몰라도, 인품은 있었을지 모른다.

삼 자 정도 남은 거리에서는 도끼를 숨길 생각조차 하지 아니하고, 도끼를 품 안에서 꺼내어 보였다. 이를 본 궁녀들은 기겁하며 둔도하였으나, 나는 미동조차 하지 아니하고 그 무뢰배에게로 다가왔다. 마침내 무뢰배도 그 번쩍이는 쇠도끼를 보았는지, 반 정도 심각한 표정을 지으며 입을 열었다.

"그대는 무슨 일로 도끼를 들고 여기까지 찾아왔는가? 감히 여기가 어디라고 옥체에 해를 끼치려 하는가!"

옥체라니, 우습기도 하다. 무뢰배는 왕 역할에 심취한 나머지, 자신의 원래 역할조차 잊어버린 듯했다. 무뢰배 곁에서 대기하고 있었던 무뢰한들이 내 주위를 에워쌌다. 나는 두려움을 고이 접어 어디론가 던져버린 후에, 심호흡했다.

"무엄하다. 왕이 하는 말에 대답조차 하지 않는 것이냐. 여기가 어디라고 쇠도끼를 들고 들어오냔 말이다!"

"전하! 소인. 소인에게 주어진 사명을 다하기 위해 이곳을 찾아왔사옵니다. 신하라 하면 왕을 향해 도끼를 휘두르는 자이거늘, 어찌 간신들만 데리고 나라를 운영할 수 있겠습니까? 제가 신하의 대표로서, 모범을 보여주고자 이곳을 찾아왔으니, 부디 제가 하는 말을 들으시길 바랍니다."

"네 놈이 주제넘은 욕심을 품었구나. 옥체에 위해를 끼치러 온 것도 모자라, 거짓말로 잘못을 덮고 있으니, 그 죗값 죽음으로 갚도록 하여라."

등에서 타오르는 듯한 감각이 느껴졌다. 등에서 흘러나온 선지피가 바닥을 연타했다. 나는 다리에 힘이 풀려 주저앉고 말았다. 도끼가 눈앞에 있는데, 닿지 않았다. 피 냄새가 물큰 풍겼다. 그러면서 존재하지 않는 미인을 찾고 있을 최 씨의 모습을 상상하니, 상황에 맞지 않게 헛웃음이 나왔다. 무뢰배가 내 모습을 보고 한마디 더 했으나, 아무래도 여기까지인 모양이다.

사반세기가 흐르면 찬란한 쇠도끼도 녹이 슬고 말 것이다. 부디 그렇게 되기 전에 누군가가 저 도끼를 잡아주기를, 간절히 바라고, 또 바라였다.

우리 시대, 사육신(死六臣)의 충의(忠義)가 다시금 필요한 이유

서호준 1975

우리 사회에 개인주의가 새로운 시대적 조류(潮流)로 자리 잡은 지도 한참이 지난 것 같다. 물론 개인의 자유와 프라이버시가 중요하다는 측면에서 개인주의 자체를 비난할 수는 없을 것이다. 다만, 극단적인 개인주의는 왕왕 이기주의와 연결되어 다른 사람들에게 피해를 줄 뿐만 아니라 더불어 살아가는 인류애를 해치는 것이 문제일 뿐이다. 또한, 국가적 관점에서 볼 때 개인주의가 만연하게 될 경우 사회의 공동체 의식과 국가적 단결을 약화시킬 우려가 있는 것도 사실일 것이다. 물론 국가와 사회만을 극단적으로 중시하게 되면 과거 인류사회가 경험한 나치 독일과 같은 전체주의의 독단을 야기할 가능성이 있다는 것도 경계하지 않을 수 없을 것이다. 중요한 것은 개인주의와 전체주의 사이 그 어느 지점에서 적절한 균형을 찾는 것일 텐데, 우리 사회의 경우에는 시간이 갈수록 개인주의가 팽배해감에 따라 국가적 역량을 결집시킬 원동력을 자꾸만 잃어가는 것이 안타까울 뿐이다.

이러한 때에 과거 충절들의 행적을 더듬어 현창하는 것만큼 국가적 단결력과 공동체의식을 함양하는 데 도움이 될 만한 것은 없으리라 생각된다. 특히 우리나라는 유사 이래 수많은 충절들의 헌신이 있었기에, 외세의 끊임없는 침입 속에서도 수천 년간 우리의 고유한 가치와 문화를 간직할 수 있었다. 충(忠)이라는 것을 유교적 관념의 잔재로 매도하기에 앞서, 우리나라와 '나'라는 정체성의 원천이 바로 이러한 충절들의 존재로부터 기인하고 있다는 사실을 결코 잊어서는 안 될 것이다.

우리 역사에 있어서 명멸해간 수많은 충절들 중 가장 뚜렷한 족적을 남긴 분으로 사육신(死六臣)을 꼽는 데 주저하는 사람은 없을 것이다. 성삼문(成三問), 박팽년(朴彭年), 이개(李塏), 유응부(兪應孚), 유성원(柳誠源), 하위지(河緯地), 김문기(金文起) 등 일곱 분은 우리 역사 4천년을 통틀어 가장 이름 높은 충신으로 오늘날까지도 추앙받고 있는 것이다. 그렇지만, 사육신이 오늘을 사는 우리에게 각별한 의미로 다가오는 것은 그 분들의 삶이 단순히 조선 왕조와 단종(端宗) 임금에 대한 충성심으로만 설명될 수 없을 만큼 뛰어나고 탁월한 것이기 때문이다.

사육신이 비참한 최후를 맞이한 것은 바로 단종복위운동을 주도하였으나, 결국 실패했기 때문이다. 단종에 대한 복위는 오늘날의 시각으로 보자면 세조(世祖)의 쿠데타적 집권에 강한 반감을 품고 반쿠데타를 모의하다 실패한 사건으로 정의할 수 있을 것인데, 사육신의 단종복위운동은 정권의 정통성과 정당성에 대한 회의를 품고 이를 실천에 옮겼다는 차원에서 우리 역사상 그 어느 충신들과도 비교할 수 없는 가치를 지닌다고 할수 있을 것이다. 즉 고려왕조(高麗王朝)의 몰락을 탄식하고 초야에 칩거한 두문동(杜門洞) 72현(賢)이 현실회피형 저항에 머물렀다면 사육신은 바로 왕권의 정당성을 되찾기 위해 실력행사도 마다하지 않았던 철저한 행동주의 지식인들이었던 것이다. 사육신의 이러한 철학은 형이상학적 예학(禮學)과 공리공론(空理空論)에 집착했던 조선 후기 지식인들과 크나큰 차이를 보이는 것으로 현세에 주는 시사점이 결코 적지 않다고 생각된다. 오늘날 우리 사회 지식인들의 초상은 어떤가? 옳고 그름의 잣대에 관해 끊임없이 고민하고 담론하여 우리 사회가 올바르게 나아가야 할 방향을 제시해야하건만, 현재의 지식인들에게서 사육신이 보여준 것과 같은 처절한 개혁정신과 저항의식을 찾아보기 쉽지 않기에, 오백 년전 사육신의 행적이 더욱 가치롭게 와 닿는 것이 아닐까?

사육신이 보여준 행적에서 찾아볼 수 있는 또 다른 놀라움은 그들이 보여준 강인한 정신력과 담대함이라할 수 있다. 세조는 사육신을 문초함에 있어서 끊임없는 회유와 압박을 서슴지 않았다. 자신에게 도전한 정치세력이기 이전에, 조선을 떠받치고 있던 당대의 엘리트들이었기 때문이다. 세종대왕(世宗大王)의 고명대신인 정인지(鄭麟趾), 신숙주(申叔舟) 등이 일찌감치 세조에게 굴복한 것에 비해 사육신은 모진 고문 속에서도 세조를 '나리'나 '족하(足下)'로 부르며 시종일관 여유와 위트를 잃지 않았다. 사육신은 소신을 위해 목숨 따위는 초개와 같이 버릴 수 있는 강인한 정신력을 갖고 있었을 뿐만 아니라 생사여탈권을 쥐고 있던 세조 앞에서도 전혀 꺼릴 것 없이 행동할 수 있는 담대함을 겸비하고 있었던 것이다. 우리나라가 6.25의 폐허 속에서 한강변의 기적을 이룩

할 수 있었던 것은 우리 민족에게 사육신이 물려준 강인한 정신력과 전세계 강대국들에게 결코 굴하지 않는 담대함이라는 유전자를 갖고 있었기 때문이라고도 할 수 있을 것이다. 그러나 불행하게도 개인주의의 심화는 이러한 강인한 정신력이나 담대함과는 트레이드오프 관계에 있지 않나 생각된다. 지난날 강인하고 담대했던 우리의 민족정신을 조금이나마 되찾기 위해서라도 사육신의 충의는 반드시 기억되고 현창되지 않으면 안 된다는 생각이다.

약 오백 여년전 사육신은 세조 수양대군(首陽大君)의 칼날 아래 한갓 형장의 이슬로 사라져갔지만, 그들이 죽음에 임박하여 지은 시조를 통해 사육신은 영원히 살게 되었다. 박팽년의 시조 '까마귀 눈비 맞아'와 성삼문의 시조 '이 몸이 주거 가셔' 등은 우리 국문학사의 한 페이지를 장식하는 수준 높은 문학작품으로 아무리 무식한 한국 사람이라 하더라도 이들의 시조 한두 구절 정도는 암송할 수 있는 것이다. 한 시대의 문학은 당시 사람들의 사상과 감정의 한 단면을 살펴보기에 가장 적합한 도구일 수 있다. 박팽년과 성삼문이 읊은 절명시(絶命詩)는 당대의 지식인으로 소신을 위해 죽어간 사육신의 심리구조와 세계관을 엿볼 수 있는 더 없이 중요한 사료(史料)이자 한 인간으로서 죽음에 대한 두려움을 이겨내어 한 차원 높은 인격으로의 승화(昇華)를 대변하는 서사시이기도 했던 것이다. 최근 몇십 년간 경제가 어렵지 않았던 시절은 없었던 것 같은데, 경제가 어려울수록 보다 실용적이고 현실적인 학문을 중시하는 풍조는 우리나라는 물론 전세계적인 상황이 되고 말았다. 이로 인해 문학과 같은 인문학은 천대와 멸시 속에서 고사(枯死)위기에 직면해 있다. 그러나 문학은 인간이 인간일 수밖에 없는 '감수성'에 관한 것으로 그것이 설령 현실의 돈벌이와 관련 없는 것처럼 보일지라도 인간을 인간답게 하는 가장 근본적인 물음에 답할 수 있는 기초학문으로 생각된다. 특히 박팽년과 성삼문의 시조에서 볼 수 있듯이 '죽음'이라는 극한의 공포 속에서 이를 이겨내고자 했던 초인적인 의지가 수백 년 후에까지 전해내려 오고 있는 것을 감안해보면 문학 안에 내재되어 있는 끈질긴 생명력과 역사성만은 결코 몰각되어서는 안 될 것이다.

앞에서 말한 바와 같이 우리가 사육신을 통해 얻을 수 있는 교훈은 그들이 우리 역사상 가장 두드러진 충절이라는 것 이외에도 실천하는 지식인으로서의 역할, 강인한 정신력과 담대함, 인간적 고뇌를 승화시킨 문학적 공헌 등을 들

수 있을 것이다. 이외에도 사육신이 오늘을 사는 우리에게 진정 가치로울 수밖에 없는 이유는 수없이 많겠지만, 견문의 부족과 역량의 한계로 인해 이를 제대로 기술하지 못했을 뿐인 것이다. 앞으로 사육신이 보여준 절의(節義)와 충심(忠心)을 기릴 수 있도록 적극적이고 다각적인 관심과 노력이 지속되길 소망해본다.

대충신 사육신

서희경 1968

불의不義의 비 정통에 반기든 곧은 절개
역사의 수레바퀴 방향을 틀기위해
부귀와 영화마저도 초개같이 버렸다

앙당문 이사이로 낭자한 붉은 선혈
육신은 찢기 우고 멸문지화 당했으니
그 혼魂의 비통한 심정 잠재울 수 있을까

충의忠義에 죽고 사는 불굴의 의연한 넋
터럭하나 허실 없이 오롯이 뿌리내려
이 땅을 굳건히 지킨 힘의 원천 되었다.

정심(正心)

손민지 2001

높은 산 소나무가 장엄하다
저 뜻대로 가지를 뻗고
푸르르게 비춰내는구나
만날 그 모습 찾을 수 있구나
하나 모든 소나무가 시들지 않을 수 있을까

사무치는 눈발 새로 매화가 흐드러진다
얼어붙은 땅속에 뿌리를 내디디고
고귀한 맑은 꽃을 피워내는구나
허연 세상에서 그 향기로 존재하는구나
하나 모든 매화꽃이 꽃망울에서 깨어날 수 있을까

굳센 바위가 자리를 지킨다
풍파를 맞아가며 그 존재가 조금씩 지워질지언정
앉은 자리 그곳에서
한 발짝 움직이지 않는구나
하나 모든 바위가 굴러가지 않을 수 있을까

그럴 수 있구나

그럴 수 있어 그대이다
그대는 쇠하지 않는 소나무요
만개한 매화꽃이요
방황하지 않는 바위이다

그대의 고결한 정신
부러지지 않고
후대로 이어지니
후손들은 그대 뜻을 되뇐다

그대는 사육신이다

대충신 사육신

신화정 1963

나 피갑 칠하고 충정을 노래하노라
떨어진 살점 붉은 꽃으로 흥건해도
한 번 준 마음은 흔들림 없고
피바람 그대의 심장을 파고드니
이성은 죽고 괴물만 날뛰는 구나
태양이 뿌려주는 금가루로
금관을 만들려 하지 마라.
차라리 고독 속에 씨를 뿌려
어진 농부처럼 기다림이 어떠한가,
그대의 도덕은 양귀비꽃 같고
허무는 꿀과 꽃으로
그대의 영혼을 사냥하는 구나
정오, 내게 남은 짧은 시간에 깃든
영원과 여유로운 대화 속에서
자유롭게 춤추는 햇살과
부드럽게 말 건네는 철학
한쪽 다리로 춤추는 대나무가
태양처럼 몰락하라 말 건네는 구나
나는 삶을 얻기 위해 삶을 버리고

푸른 하늘 이고 쪽빛 바다 바라보는
한 그루 푸른 솔 되어
우로(雨露)를 벗 삼아 理致를 논하리라
바람 불면 멈추라 하고
비가 오면 쉬라 하며
뿌리내린 곳에서 단단히 살아가리라
그것이 삶이라 가르친 이 없지만
굽어진 줄기줄기
철갑 닮은 굴피 껍질을 두른 채
쪽빛 바다를 오롯이 오시하는
삼천리금수강산의 수문장 되리라
한솔(韓率)이라 불리는.

숨결을 위하여

심혜빈 1998

지켜내겠습니다
마지막 숨결의 약속
찢겨나가는 고통이
절규하는 그대 숨결은
무엇을 말하던가요

두려웠습니다
그대를 마주하기가
그대의 이름을 부르기가
그대는 무엇을 지키고 싶었던가요
그대의 죽음이 뱉어낸 빛 한 줄기가
다시 올 그대의 숨결을 환하게 비추고 있습니다

기억할 것입니다
그대의 이름과,
그대의 마음과,
그대의 선택을,
그대의 생명이 맺어낸 빛 한 줄기가
그대 있는 곳을 환하게 비추고 있습니다

이 세상에 헛된 것이 없으니
그대들의 숨결이 빚어낸 까닭입니다

대충신 사육신

안주현 1999

세모난 속삭임,
'이제는'
그 소리를 머금고, 눈을 살며시 감아
그 안 어린 목소리가 다가와, 붉게 나를 물들여
조금은 나아가고 싶어,
우리는 어려움 속 숨통을 조여와,
그 작은 구멍 속
소리를 낼 수 없는 입으로 외쳐,
투명한 목소리로 공간을 붉게 물든다.
가을의 투명한 이슬이 맺힌 잎사귀에 속삭여
지금 이 순간 빛나지 않더라도
조금은 한줄기의 빛을 꼭 쥐고
눈을 감는 그 순간까지 바라고,
바라리라
지금 눈을 감고, 그린다.
세상을
어린 그 분이 올라가, 생긋 웃으며
조금씩 아름답게 물들인 나라를
곧게 일어선 씨앗을
바라며, 눈을 감았다.

대충신 사육신

오귀환 1993

홍살문을 지나
의절사에 멈춰
일곱 개의 위패를 바라본다

시뻘겋게 달군 쇠로
다리를 구워내도
입을 지져버려도

‘전하’가 아닌
‘나리’를 외치던
당신들의 충의를 떠올린다

나랏녹 먹어보겠다고
어지러운 나라꼴 눈 감는
나 자신이 부끄럽다

당신들의 초라한 묘가
내 마음을 더욱
쿡쿡 찌른다

당신들의 충의
누군가는 기억하고 있음을
전해지길 바래본다

'한결같음'의 끝에서 사육신을 보았다

오승엽 1998

“한결같은 사람”, 우리는 대부분 한결같은 사람이 되기를 원한다. 일과 사랑, 그리고 자기 자신에게 한결같은 사람은 자타 모두의 존경을 받는다. 나 역시 매사에 한결 같은 사람으로 살아가려 노력하고, 그런 사람을 닮으려 애쓴다. 그렇다면 ‘한결같다’라는 형용사의 범주는 어디까지인가. 쉽게 연상되는 표현으로 “한결같이 착하다(가치), 운동을 잘한다(행위), 맛있는 요리이다(가치)” 등이 떠오른다. 모든 것은 아니지만 보통의 경우 ‘한결같다’의 내성은 행위적인 의미나 가치적 의미에 연관되는 경우가 많다. 그러나 나는 의미를 일부 확장했고, 확장된 의미를 우리 역사에 접목하였다.

최근 지구촌의 정세는 급격한 산업의 발달로 다양성, 개인주의가 만연한 세태이다. 오직 이익만을 추구하는 맹목적인 개인주의도 흔히 볼 수 있다. 자본주의 시장경제에서 어찌 보면 당연한 현상이지만, 우리가 배운 역사를 돌이켜 보면 현상황과 역사는 매우 이질적이다. 개인적인 생각이지만, 역사속에선 흔히 보이지만 현대에는 결여된 가치, 바로 충(忠)의 부재가 지금과 역사를 이질적으로 만든 원인인 것 같다. 중국 제나라의 왕촉 왈, <충신불사이군 열녀불갱이부(忠臣不事二君 烈女不更二夫) : 충신은 두 임금을 섬기지 않고, 정직한 여인은 두 지아비를 섬기지 않는다.> 충의 가치를 가장 간결하고 직접적으로 나타낸 문구이다. ‘한결같다’의 의미를 ‘충(忠)’ 으로 확장하면 변함없는 믿음과 충성, 목숨과 바꿀 각오, 풍화되지 않는 올곧음이 그것이다. 이 가치는 2천년 전 공자때부터 불과 100년 전인 대한민국 임시정부 시절을 지나 지금까지 전승되고 있는 가치이다. 충(忠)이 발휘되는 형태는 시대별 상황별로 상이하겠지만, ‘존중하는 가치에게 보이는 충직함’이라는 본질은 변하지 않는다. 한마디로 “한결같음의 의미가 역사속으로 확장되어 충에 도달하였다”라는 것이 나의 생각이다.

신라에는 박제상이 있었고, 백제에는 계백이 있었으며 고려에는 정몽주가 있었다. 그리고 조선에는 김종서와 황보인, 그리고 오늘의 주제인 사육신(死六臣)이 있었다. 여기서 사육신이란 무엇일까? 죽을 사(死) 여섯 육(六) 신하 신(臣), 직역하면 여섯명의 죽은 신하이다. 이들은 어떤 원인으로 죽게 되었고, 죽어서도 충절의 대명사로 추대받게 되었을까?

먼저 그들을 둘러싼 배경을 설명하는 것이 우선적인 과업이다. 때는 1450년, 문종이 세종 다음으로 왕권에 즉위하고, 그 후 2년동안 태평성대를 이끌다 지병으로 인해 사망하였다. 문종은 당시 12살의 어린 아들 단종에게 왕권을 위임하였다. 초등학교 5학년 꼬마가 갑작스레 조선을 통치하게 된 것이다.

문종에겐 형제들이 있었는데 안성대군과 금성대군, 그리고 그 유명한 세조, 수양대군이 그들이었다. 평소 상당한 야심가였던 수양대군을 걱정한 문종은 자신의 충신들에게 단종을 잘 보필해 달라 부탁하였고, 영의정 황보인, 좌의정 김종서, 외 여러 충신들은 고명을 듣고 눈물을 흘리며 충의를 약속하였다. 황보인과 김종서는 세종때부터 충의를 지킨 대신들이었고, 특히 김종서는 과거 4군 6진(여진을 정벌하기 위해 세종이 둔 군사시설)에서 활약하던 시절 '백두산 호랑이'라고 불릴 만큼 강력한 존재였다. 수양대군이 왕권을 찬탈하기 위해 이들을 눈엣가시로 바라본 것은 당연한 결과였고, 결국 황보인/김종서와 수양대군은 단종 즉위 이후 대립하게 되었다. 이 내용은 영화 <관상>에서도 다룬 내용이다.

문종이 그토록 두려워하던 사건은 1453년 10월 10일 일어났다. 이 사건이 우리가 흔히 아는 <계유정난>이다. 수양대군은 모집한 병력을 바탕으로 황보인과 김종서 등을 처단하고 왕위에 오르게 된다. 허나 단종 복위의 불씨는 꺼지지 않고 전승되었고, 사육신(성삼문, 박팽년, 하위지, 이개, 유성원, 유응부) 외 여러 신하들은 단종의 복귀를 꾀한다. 허나 수양대군에게 발각되어 그들은 처형당하거나 스스로 목숨을 끊었고, 우리는 그들의 충의를 기리며 그들을 사육신(死六臣)이라 칭한다.

혹자는 '과연 단종의 복위가 자신들의 목숨보다 중요한가?' 라는 의문을 제기할 수 있다. 일반적으로 인간은 자기 목숨의 존명을 최우선 목표로 여길 것이다. 이것은 인간 뿐만이 아닌 모든 생물의 동물적 본능이고, 유전적인 행보이다. 그러나 매우 특이한 경우 생물들은 비상식적인 선택을 하고, 죽음을 각

오한 행위를 한다. 부성애/모성애가 대표적인 예시이다. 생물들은 번식하여 자신의 후대를 존속시킬 자식을 만들고, 소중한 자식을 위해 희생한다. 실제로 작은 토끼조차도 결과가 어떠하든 새끼들을 지키기 위해 필사적으로 투쟁한다. 그렇다면 사육신 외 신하들은 단종의 부모인가? 그런 사실은 없다.

사육신 외 신하들, 그들이 생물의 본성을 뛰어넘은 선택을 한 이유는 무엇인가. 아마도 그것은 목숨보다 우선되어 마땅한 가치가 존재하기 때문일 것이다. 생물의 부모도 마찬가지로 목숨보다 소중한 '자식'이라는 가치를 지키기 위해 희생도 마다하지 않을 뿐, 그 이상 이하의 이유는 존재하지 않는다. 그러나 사육신이 마음속에 품은 가치는 모성애를 웃도는, 더욱 고차원적인, 본능이 아닌 '정신'이었다. 그들은 오직 충의로 무장한, 그야말로 고고한 소나무였다. 그들의 정신은 어떠한 악인이나 악행에도 의연한 자세를 견지했고, 그들의 육신이 타들어 가는 순간에도 웃으며, 뜨겁게 충의를 지키는, 초월체라고 해도 손색이 없을 정도의 존재들이다. 감히 촉나라의 관운장에 견할 정도의 인물들이 존재했다는 것이 놀라울 뿐이고, 현세에 과연 그 정도의 인물이 있을지 의문만이 든다.

2020년 현대에 살고 있는 나 너 우리에게 그들은 너무 먼 존재이다. 확실히 우리나라만 봐도 인터넷, SNS의 대중화와 그로인한 악영향으로 인의예지가 많이 결여되었고, 자유로운 경제활동, 사회활동으로 인해 어떠한 정신적 가치를 숭상하는 태도는 매우 흐려진 상태이다. 우리는 역사에서 배워야한다. 당장 지금은 생활이 편리하고 평화로울지 몰라도 미래에 무슨 일이 생길지는 그 누구도 모르기에 과거를 거슬러 선조들의 정신을 되새기고 그들에게서 배워야 한다. 영국의 저명한 역사가 아놀드 토인비(Arnold joseph Toynbee)는 이렇게 말했다. "인류의 가장 큰 비극은 지난 역사에서 아무런 교훈을 얻지 못하는 것이다. 현대인들은 무엇이든 잘 알고있다. 다만 알지 못하는 것은 자신 뿐이다." 한반도를 비롯한 동아시아 4000년 역사에 빠짐없이 기록된 충(忠), 그 본질에 닿으려면 아직 한참 멀었다는 생각이 문득 든다.

사육신(死六臣), 그들의 지조는 휘어질지언정 깨지지 않았고, 그들의 정신은 광휘에 둘러 쌓여 애써 응시해야 한다. 사활을 넘나드는 고통속에서 그들은 뜨겁게 저항했고, 역사의 한 켠에 뜨겁게 기록되었다. 그들의 언행을 마주하자

영문모를 감정이 육신에 감돌았고, 나는 그저 침묵하고 많은 부유하는 감정을 찬찬히 정리할 뿐이었다. 2020년 또한 총칼 없는 전란의 시대, 과연 나는 그들처럼 값비싼 깨우침을 얻을 수 있을 것인가. 그들의 역사는 저승에서 마무리되었지만, 그들의 정신은 사라지기는 커녕 보란듯이 활-활 타오르고 있다. 인간 육신의 유한함과 인간의 무한한 가능성 사이에서 그들을 마주 하노라면, 가슴 깊은 감동이 넉넉하게 마음을 채울 뿐이다.

사육신

유서진 2003

태양의 자리에 달이 오르니
그 빛 또한 볼품없이 사그라들고
수양이 달로서 이를 샘하니
새하얀 백로마저 내쫒아 하늘이 거멓게 물들었다

자고로 만물을 품어 마땅한 마루가
구름에조차 쉬이 가려지니
빛이 땅까지 닿질 않아
백성의 얼굴은 이미 보이지 아니한지 오래라

그럼에도 나라의 안녕을 위해
동아줄로 태양을 간절히 올리려하였으나
밤 귀 밝은 쥐가 이를 달에게 알려
무딘 칼로 이를 똑 떨어뜨려버리니 애써 만든 나무바가지만 산산조각이라

제 아무리 몸을 으스러뜨려도 萬折必東(만절필동)이니
태양을 위해 이 한 몸 못바치겠냐마는
그럼에도 이내 이승에서 닿지 못함이 마음에 걸리니
내 물과 얽히고설켜 끝까지 임 곁을 지킴으로써 안녕을 기원하리라

아 우 야

윤혜정 1996

아우야
바람이 차다.

거친 바람 속
굳게 다친 궐문을
우러러

여섯 붉은 적삼이
성곽을 아우른다.

남루한 육신
보살피는 이 없이
흙바닥을 굴러도

올곧은
신념의 열기가
네 가슴을 달군다.

충만 가득한 세상

이강산 1998

어제의 충은
한 나라에 대한 발전
한 국왕에 대한 맹세로
모두의 정신을 하나 되어 단단하게 만드는
올곧은 마음이 되어
忠만 가득한 세상이었다

하지만

오늘의 충은
한 집단에 대한 비하
한 계층에 대한 차별로
모두의 마음을 갉아 먹어 썩어지게 만드는
더러운 벌레가 되어
蟲만 가득한 세상이다

충의 의미가 변질되고 퇴색되어
부끄럽고 죄송한 마음이다

법고창신의 정신을 따라
이 세상의 蟲을 덜어내어
다시
忠으로 다시 充滿하게 채우고 싶다

대충신 사육신

이경민 1999

하늘이 먹구름 잔뜩 덮은 날
내 님 가시는 길 따라가 봅니다.
하늘에 두 개의 태양은 없나니
일편단심은 변하지 않습니다.

하늘이 맑게 개인 날
바구니 가득 포도송이
하늘에 두 개의 태양은 없나니
일편단심은 변하지 않습니다.

먼 길 가는 나를 보는구려
삶이 무엇인지 나는 누구인지
지키려는 누군가를 위해
살아가는구려

고맙소
바구니 가득 포도송이
덕분에
믿고 살아가는구려

충절절개

이경섭 1970

만백성은 나라의 기둥이며
임금은 만백성의 아비인 것을
이 어찌 도탄하지 않을 수가 있으리,
시름에 빠지고 굶주림에 시들어가는
백성들의 울부짖음에 달빛마저
구름에 가렸도다
머나먼 유배길은 외롭고 그리움에
충신의 마음은 갈기갈기 찢어짐을
목 높아 소리쳐 외쳐보누나
권력으로 짓밟은 군주는 나라의 보배가
될 수가 없음을 이 또한
간과하지 아니할 것이니라.
내 비록 육신은 온전하지 못하나
마음만은 오로지 한분의 신하로
살아가리니
칠흑 같은 어둠속에서도 굴하지 않고
예리한 칼끝이 목을 겨누어
굽히지 아니할 것임을
메마른 땅에서도 꿋꿋이 피어나는

억새풀처럼 강하고 흔들림 없는
충신으로 살아가리라
오로지 만백성을 위하여
반듯이 신하의 본분을 다하여
피바람 불어도 옷깃에 스치지
아니할 것이며
멸문지화 당하여도 충신은 오직
한분의 임금만 섬길 것이니
의허야~ 내 뜻을 이어갈 충신들이여
후세에 이름 석 자 남기기보다
나라의 안위와 백성들의 민심을 위해
충심을 다했다고 말하고 싶어라
그것만이 우리의 본분 충절절개가 아니던가

붉은 의지

이나연 1999

물보다 진한 피는 이 땅이 녹을 때까지
흙이 되어 땅이 만들어지고
강이 되어 바다로 흐르고
나무가 되어 푸르게 자란다.

당신이 흘린 붉은 피도 흐르고 흘러
흙에서 태어나 강물을 마시고
나무를 보고자란 아이들에게 전해져
이들의 손에 붉은 촛불을 쥐게 하였다.

당신의 육체는 스러져 사라졌으나
당신의 붉은 의지는 살아남아
다시금 붉은 촛불을 밝히게 하였고
그 붉은 물결은 우리의 승리를 만들었다.

대충신 사육신의 마음

이민배 1958

복숭아꽃 만개하니
꽃이 된 듯 즐겁고
많은 열매 자라나니
마음이 흡족하네
그러나 어찌하랴
탐스런 열매 보려면
똘똘한 한 놈만 남는
적과 작업 필요해

농부도 이러하니
애국자 오죽하랴
올바른 지도자가
절실히 필요하니
사육신 몸 바쳐서
나라를 사랑하듯
현세에 진정한 애국
어찌해야 좋을까

맛 좋고 보기 좋은

과일 맛 아는 국민

입맛에 맞는 과일

사육신이 찾아내듯

무력 없이 이루고픈

자유의 복지국가

태풍에 낙과 되기 전

깨우쳐라 지도자여

다음생엔

이선영 1979

다음 생엔 그대 좋은 세상으로 가시오
죄 없는 죽음에 한 맺혀 떠나지 못하시는 슬픔
다 놓으시고 저기 좋은 세상으로

다음 생엔 그대 꽃다운 젊음 맘껏 피어나는 세상에 사시오
소리 내어 말하려 해도 들어주지 않음에 미련 두지 마시고
저기 아름다운 세상으로

다음 생엔
나비처럼 곱디곱게 사시오
꽃처럼 사무치게 어여쁘게 사시오

그대, 다음 생엔 그리 사시오
그대, 꼭 그리 사시오

존경하고 자랑스러운 6명의 충신들께

이윤채 2005

안녕하세요? 저는 16살 이윤채 라고 해요. 며칠 전 학교 국어 시간에 '까마귀 눈비 맞아' 라는 '박팽년' 선생님의 시조를 배우면서 사육신, 단종 복위 운동 등 그때의 역사에 대해 배우고 흥미가 생겨 선생님들에 대해 더 알고 싶고 궁금해졌어요. '까마귀 눈비 맞아'라는 시가 저한테 정말 감명 깊었거든요. 그래서 며칠 동안 업적, 시조 등을 찾아보게 되었어요. 선생님들에 대해 찾아보고 여러 작품에 대해 알게 되면서 제가 생각했던 것보다 훨씬 더 대단하고 존경받을 분이라는 생각이 들었어요.

우선 잘못된 일을 바로잡고 역사를 지키려는 점이에요. 목숨이 달아날 것이라는 두려움보다 단종이 부당하게 왕위를 빼앗길 수 없다는 굳은 의지와 신념으로 마지막까지 목숨을 바쳐가면서 지키려고 했다는 것이 우리나라에 이런 충신이 6명이 있었다는 사실이 자랑스럽기도 하고 존경스러웠어요. 저도 제 의지와 목표가 주변의 방해에도 흔들리지 않고 저의 신념을 지키고 싶어요. 가끔씩 주변 환경에 방해되고 흔들리는 순간이 있으면 선생님들 생각을 하면서 이겨내도록 할게요.

두 번째는 '박팽년' 의 '금생여수', '유응부' 의 '간밤에 부던 바람에' 등 많은 문학적 가치를 지닌 작품을 남겼다는 것이에요. 오늘날 교과서에도 실릴 정도로 훌륭한 작품을 만들어주셔서 감사합니다. 시조를 읽으면서 '까마귀' 는 '간신', '야광 명월' 은 '충신' 같은 비유적 표현이 인상 깊었어요. 그리고 그때 시조를 쓰는 당시의 마음, 안타까움 등을 느끼면서 선생님들의 마음을 헤아릴 수 있었어요. '이런 힘든 상황에도 이런 훌륭한 글은 어떻게 쓴 거지?'라는 생각이 들 정도로 많은 좋은 작품을 남기신 분이 제 조상님이라는 점이 자랑스럽고 뿌듯해요.

마지막은 단종 복위 운동은 역사적으로 굉장히 의미 있다는 사실이에요. 비록 아쉽게 간발의 차로 단종 복위 운동은 실패했지만, 억울하게 왕위를 빼앗긴 단종을 지키려고 노력한 점, 불리한 상황 이였지만 끝까지 포기하지 않았다는 점, 평생 한 임금만 섬긴 점 모두 우리나라에 가장 충신다운 충신이라고 할 수 있을 거 같아요. 지금 많은 학생들이 선생님들의 노력과 작품 등을 알고 존경하니 선생님들이 이 모습을 보고 '나의 노력이 헛되지 않았구나...' 라는 생각을 하시면서 뿌듯해 하셨으면 좋겠어요.

뜻은 끝내 이루지 못했지만 지금 거의 대부분의 사람들이 단종이 왕위를 억울하게 빼앗기고 사육신이 목숨을 바쳐가면서 되돌리려고 했던 사실을 알고 역사상 가장 위대한 충신이라고 생각한다는 사실을 아셨으면 좋겠어요. 그리고 현재 많은 존경을 받고 있다는 사실로 위로를 조금이라도 받으셨길 바라요. 그럼 저는 이쯤에서 편지를 마치도록 할게요.

대충신 사육신

이은별 1994

[살아 남는 것이 이기는 것이다?]

우리는 생존에 대한 강한 집착이 일상이 되어버린 시대에 살고 있다. 10대에는 대입 입시를 위해서, 20대는 좋은 직장에 취업을 위해서, 30대는 승진을 위해서, 4050대는 퇴직권고를 피해기 위해서, 60대는 배를 곯지 않기 위해서 저마다 치열한 생존 경쟁을 한다.

살아온 환경에 따라 가지고 있는 생존 전략은 다양하지만, 가장 보편화된 생존 전략은 바로 '환경에 순응하기'다. 내가 몸담고 있는 환경이 시키는 대로, 살라는 대로 그저 맞춰 살아가는 것이다. 최소한의 에너지를 들여 목숨을 부지할 수 있게 만들어주는 전략이니, 복잡스러운 현대사회에서는 이 전략이 가장 인기일 수밖에 없다. 그러나, 구원과도 같은 이 전략이 진정으로 우릴 살게 해주는가?

죽음의 바다 사해에서 살아남은 대가로 몸에 독을 머금고 사는 독생물처럼, 우리는 건강하지 못한 사회를 그대로 용인한 대가로 인간을 죽이는 사회적 부작용을 떠안고 살아간다. 경제성장률 하락을 우려하며 규제 완화를 목 놓아 외치던 목소리는 세월호 대참사(선령 규제 완화)를 유발했고, 기업의 생산성 강화로 눈감아주던 열악한 비정규직 노동환경 문제는 24살 한창 꽃다울 나이의 젊은 청년 '김용균'군을 삶의 뒷편으로 보냈다. 지금 당장 생존에 도움이 도는 것이 아니라면 고식지계(姑息之計)에 타협하는 우리가, 살아남은 것의 대가로 헐값에 팔아버린 것이 무엇이던가? 아이러니하게도 인간을 가장 인간답게 살게 해주는 '정의'다. 얄팍한 생존을 위해서 우리를 가장 단단하게 보호해주던 방어벽을 우리 스스로 부수고 있는 것이다.

생존에 대한 광기어린 집착이 지칠 때, 그저 인간다움이 그리울 때 찾는 곳이 있다. 내가 사는 곳에서 채 10분도 되지 않는 거리에 있는 '사육신 공원'이다. 정자계승의 의를 파괴하고 어린 단종의 왕위를 무력으로 찬탈한 세조에게 맞서 죽음으로 충절과 정의를 지키던 6명의 스승들에게 '생존보다 더 중요한 가치'에 대해서 나지막이 물어볼 수 있는 공간이다.

[생존보다 더 중요한 가치, 정의를 가르치는 6명의 스승들]

사육신이라 하면 1456년 정통 왕위계승자 단종을 위해 목숨을 바친 6명의 의인인 성삼문, 박팽년, 하위지, 이개, 유응부, 유성원을 가리킨다. 이 6명은 요즘으로 치면 말그대로 초엘리트 계급으로, 조선의 행정고시라 할 수 있는 과거에서 모두 우수한 성적으로 문과급제를 한 미래가 보장된 인재들이었다. 실제로 한림 또는 집현전에서 조선의 정치, 경제, 종교 등의 시스템을 만들었으니 실세라고 말할 수도 있겠다. 가만히만 있어도 앞날이 창창했던 그들이 조선의 가장 큰 벌이라는 '멸족의 화'를 입으면서까지 충절을 지켰던 이유는 무엇일까?

많은 역사서에는 그 이유가 정통 왕조에 대한 '충절'이라 표기하고 있지만, 나는 그들이 지키고자 했던 근본적 가치는 '정의'라 생각한다. 그들이 지키고자 했던 정의는 '왕도정치'였다. 강압과 무력으로 힘없는 자들 위에서 군림하는 왕이 아니라, 도덕적 교화를 통해 순리대로 백성들을 살피는 정도의 왕을 만드는 게 그들의 삶의 목적이었다.

그들은 살아 있을 때에도 왕에게 쓴 소리를 아끼지 않는 고집 있는 학자들이었다. 보통의 역사에서 왕은 관료보다 교체 주기가 짧았다. 현명한 관료들의 경우에는 왕이 바뀌더라도 새로운 왕을 모시며, 그간 관료자리에서 얻은 역사적 교훈을 시대에 맞게 해석하여 왕이 정사를 보는데 도움을 주었다. 그들은 상대적으로 왕에 비해 정치 경험이 풍부한 집현전의 학자들, 오래된 관료들의 지혜를 모아 백성들이 편안한 삶을 살 수 있도록 하는 것이 올바른 정의라고 생각했다. 그리고 단종을 통해 그러한 이상을 실현시키려고 하였다.

그러나 세조가 그 이상을 짓밟았다. 무력으로 단종을 폐위시킨 것이다. 바뀐 왕이 조선 관료들의 이상을 실현시켜주면 좋으련만, 세조는 왕도정치를 담을 그릇이 못되었다. 왕좌 자체에 욕심이 많고, 관료들의 쓴 소리를 듣느니 차라리 목숨을 빼앗는 불통의 대가였기 때문이다. 육신을 포함한 다른 관료들은 분노했다. 단종을 복귀시키지 못하면, 자신들이 애써 만들어 놓은 정의로운 사회가 왕의 욕심에 의해 휘둘릴 위기에 처했기 때문이다.

육신은 정의를 위해 보장된 미래의 영광을 주저 없이 던졌다. 역모를 통해 빼앗긴 조선의 정의를 되찾으려 했다. 그러나, 그러한 다짐은 실패로 돌아갔고, 모두 세조에 의해 죽음을 당했다. 죽은 육신들의 현명함, 충절을 높게 사던 세조가 그들에게 마지막까지 생존의 기회를 주었지만, 그들은 타협하지 않았다. 죽음으로서 정의에 대한 절개를 지킨 것이다.

[사육신 정신은 아직도 필요하다]

때때로 우리는 '인간다움을 위한 추락'과 '생존 유지를 위한 침묵' 사이에서 고민하곤 한다. 얄궂게도 이 문제에 대한 선택의 영향은 나를 포함한 내 주변인들에게도 무시하기 힘든 파장을 일으키기에, '이타적인 행위'라는 명목으로 후자를 선택하는 것이 현명한 처사라고 판단하게 만든다. 특히 꾀 많은 시장자본주의는 반토막 정의주의자들의 이러한 약점을 이용해, 그들의 부정의함에, 비윤리적임에 쉽게 눈을 감도록 만든다.

'나의 정의가 나와 연결된 것들에 의해 흔들릴 때' 나는 박팽년 선생님을 생각한다. 단종을 복위시키려는 모의가 실패로 돌아가자 분노한 세조는 박팽년 선생님을 불러들여 국문한다. 거사를 모의한 다른 동료들을 진술하라는 세조의 물음에 박팽년 선생님은 자기 아버지 이름까지 주저 없이 대답하였다. 가문의 생존보다 정의를 위한 충절을 더욱 숭고한 가치로 생각하지 않았다면, 절대 나올 수 없는 이름이었다. 정의에 눈을 감고 얻은 약은 삶보다야, 죽음으로 다른 유생들의 가슴에 정의의 잔물결을 남기는 것이 더 현명한 처사라고 생각한 것이다.

인간생의 목적을 그저 생존에 두지 않고, 정의로운 사회를 만들기 위해 죽음으로 충절을 보여주신 여섯 스승들의 행보는 아직 젖비린내도 채 가시지 않은 사회 새내기에겐 그 존재 자체로도 큰 감명이자 위로로 다가온다. 과연 나는 내 목에 칼끝이 닿았을 때, 정의를 외칠 수 있는가? 이웃이 위험에 처해 있을 때 나의 자리를 지키기 위해서 침묵하지 않을 자신이 있는가? 생존의 저울 앞에서 스스로 묵직한 정의를 버리고, 알맹이만 남은 채 가벼워질 때, 사육신 공원을 찾을 것이다. 그리고 끊임없이 여쭐 것이다. '어떻게 생존해야 잘 생존하는 것이냐고!'

대충신 사육신

이주환 1980

나리, 희대의 욕심으로 인륜을 더럽히고
시대의 야심으로 천륜을 저버리사, 나으리...
사지를 뜯겨내어 내 뜻을 뜯으려나
사지 혈 뜻을 품어 그 뜻을 쏟아내어
하늘의 비를 빌어 하늘 뜻 섞어내니
대지의 비를 적셔 대지로 흘러 내여
충혈이 흘러감에 강물도 길을 터줘
의혈이 흘러감에 바람도 길을 빗겨
한강타고 올라 갈제, 높은 님을 뵙사오며
청령포를 둘러 안아, 그린 님을 지키리라
전하, 선왕의 고명 받아 목숨을 내놓고도
선대의 고결한명 못지켜 불충한 신하이나, 저언하...
백설이 그득하여 푸르름이 전무하나
장송이 되고지어 푸르름을 전하리다.
눈 맞은 까마귀가 희다할 수 있겠으랴
검은밤 밝은 달빛 일편단심 전하리다.
방 한켠 촛불하나 내속이랑 같을 진데
이별한 이 몸 하나 애태움을 전하리다.
오랑캐 무찌르던 그 시절이 언제던가
온 세상 조용함의 애통함을 전하리다.

머리 위 밝은 해는 분명하게 비춰나니
이슬비 내린 후에 밝은 해를 전하리다.
두만강 물줄기는 마천령이 뿜어내니
해 담은 동해에게 결연함을 전하리다
매월당 아차하여 뒤늦은 수습이나
버들잎 맹풍에도 앞장선 매월당 왈...
초라함은 겉뿐이라 그대 뜻은 찬란할지니
화려함은 겉뿐이라 그놈 죄는 암담할지니
삼묘는 결연한 육신을 품었으며
삼묘는 고결한 정신을 품었도다.
그대의 수습한 육신은 후대에 본 남기고
그대의 사라진 육신은 후세에 혼 남기리
반백년 대혼란 이 나라 어려움 있더라도
반드시 대충신 사육신 어려움 없앨지라
일천년 후 대국될 이 나라 정의가 있는 것은
일편단심 대충신 사육신 정신이 있음이라
오늘날 돌이켜서 그 뜻을 다시 볼제
육신은 유한하고 정신은 영원하니
사육신 충의정신 그 뜻은 영원하리.

논산 성삼문 묘길

이충기 1999

풀이 무릎 위까지 자랐다
묘역 가는 길 초입에는

신분 여하를 막론하고
말에서 내려 걸어가야 한다는 석비 앞
돌계단이 보인다

조선 8도에서도 멀게 느껴진다
사지가 찢긴 그에게는
한쪽 다리마저 절단된 이후로
고개를 넘어 운반하던 누군가로부터
독설을 들은 일화가 있는데

아무데다 묻으라고 하면은
가족은 어디로 갔다 묻었나요
물어볼 틈도 없이
모질게 땅에 묻힌 그는
훈민정음 반포에 큰 기여를 한 사람

당신의 사지를 기리기 위해
풀숲에 재실을 세워 둔 사람들 사이로
저 멀리 묘가 보이네
이 흔한 문장을 만드는데
필요한 재료를 떠올리자면
그는 죽고 나서야
업적을 인정받기 위해
논산까지 쫓겨난 이후로
곱게 잠들어 있다

거룩한 의는 대한민국의 근본이다
-사육신 묘 앞에서-

이형우 1957

위선과 궤변이 지도층에 만연되어 있고, 특히 지식인들의 곡학아세에 식상하여 머리를 식히기 위해 오랜만에 조지훈 전집을 꺼내 <지조론>을 펼쳤다. 첫 문장이 눈에 들어온다. "지조(志操)란 것은 순일(純一)한 정신을 지키기 위한 불타는 신념이요, 눈물겨운 정성이며 냉철한 확집(確執)이요, 고귀한 투쟁이기까지 하다."

이 지조를 확실히 지키기 위해 고귀한 투쟁을 한 위인은 누구일까. 사육신이 그리웠다. 아침을 먹고 가방을 챙겼다. 전철을 타고 노들역에서 내려 입구에 도착하니 벽에 새겨진 함석헌 선생의 <씨알의 소리>의 한 부분이 눈에 들어온다. "수양대군이 불러온 피바람/ 그렇지만 세조의 피바람 뒤에/ 우리는 義를 알았다./ 사육신이 죽지 않았던들/ 우리가 의를 알겠는가/ 이것도 고난의 뜻이지 않을까/ 고난 뒤에는 배울 것이 있다.

그렇다, 사육신의 처참한 죽음에서 우리는 의가 무엇인지 알았다. 저분들은 의가 무엇인지 똑똑하게 보여주었다. 어느 법률가가 말한, 위태위태했던 조선이 500년을 넘게 유지한 이유가 '목숨을 건 선비들의 상소 때문'이었다는 아포리즘이 이해가 된다. 이분들의 목숨을 걸었던 의의 실천은 조선의 정신적 자산이 되었다.

홍살문이 먼저 나를 반긴다. 당연지사 아닌가. 정송강이 <관동별곡>에서 절효정문이라 말한 홍살문은 충효예열을 실현한 분들을 기리기 위해서 세운 표징이다. 중국에서는 이를 패방 또는 패루라 부르거니와 중국의 화려하고 웅장한 것에 비해, 우리나라는 수수하지만 진정성이 묻어있다.

안내문을 보니 단종 6년 6월(1455년) 단종 복위를 위한 충절심으로 이룬 장렬한 의거였고, 숙종 7년(1780년) 이곳을 민절서원이라 불렀다고 기록되어 있다. 민절(愍節), 곧 '가련한 절개'니 사지가 찢어지는 거열형으로 지킨 절개다. 아! 이것이 우리 민족의 저력이다. 거짓이 난무하고 진영 논리로 절조가 사라진 작금의 현실을 보면서 저분들의 의가 빛을 발한다.

정조 6년(1782년) 신도비를 세웠고 1955년 육각사육신비를 건립하였으며 1978년 서울시에서 의로운 충혼을 위로하고 불굴의 충의정신을 현창하기 위해 확장하고 사육신공원이라 명명하였다고 부연되어 있다.

오래전 읽은 김동인의 『대수양』과 이광수의 『단종애사』를 상기해 보았다. 『대수양』을 보면 세종대왕은 세자 문종의 건강이 극히 염려되어 세손 단종을 안고 대신들에게 후사를 부탁하는 장면이 나온다. 이때 황보인이나 김종서는 눈물로 충성을 맹세한다.

세종은 유언으로 수양에게 단종에 대한 후견을 신신당부한다. 유신들이 단종 즉위 후 수양을 비롯한 종친을 배제하려 한 것은 사실일지 모른다. 그럼에도 왕위찬탈이 정당화될 수는 없다.

『대수양』에는 장수한 세종의 형 양녕대군이 조카 수양에게 거사를 부추기는 모습이 등장한다. 세종으로부터 그렇게 극진하게 형 대접을 받았던 개망나니 양녕은 은혜를 원수로 갚은 것에 다름 아니다. 수양은 더 말할 나위 없다. 아버지의 유언을 헌신짝처럼 버리고 수양숙부라 따르던 조카를 사지로 내몰았으니.

그동안 몇 번이나 국립수목원을 가보았다. 원래는 광릉수목원이었다. 수양의 왕릉이다. 수양은 유신들을 때려잡고 조카 단종을 유배 후 죽인 것에 후환이 두려워 자신의 무덤을 봉금지역으로 선포하게 하였고, 그 결과 우거진 숲이 조성되어 현재의 울창한 수목원이 되었다. 역사의 아이러니라 할까.

수양은 불교에 심취하여 간경도감을 설치하여 불경을 번역하므로 자신의 죄과를 조금이나마 씻으려 하였던 모양이다. 그러나 그는 죽기 삼 년 전부터 이름 모를 병으로 모진 고생 끝에 죽었으니 업보라고 할 수 있다.

『단종애사』는 이광수의 휴머니즘이 묻어있다. 신숙주가 사육신 등과 뜻을 같이하지 않고는 배반하고 돌아오자 부인이 자진하는 역사적 오류도 보인다. 그러나 권선징악은 이루어진다. 단종의 왕비였던 송씨는 장수하여 80살이 넘도록 살았다. 1504년 연산군 폐비 윤씨가 자신의 생모임을 알고 갑자사화를 일으킨다. 이때 단종 폐위와 세조 등극에 앞장섰던 한명회, 정창손 등을 부관참시(剖棺斬屍)한다. 송씨는 이 소식을 듣고 통쾌히 여기면서 사필귀정이라고 말한다. 그렇다, 인간사 사필귀정 아닌가?
사당에 들어가기 위해서는 불이문을 지나야 한다. 불이문(不二門), 하늘에는 두 태양이 없고, 땅에는 두 임금이 없다고 하니, 이분들은 두 임금을 섬길 수 없었다. 선조 세종대왕의 유언을 지켜야 했기에, 삼촌의 왕위찬탈은 결단코 의가 아니었다.
중국 자금성에 황후가 거처하는 궁궐에도 이(不二)라는 현판이 걸려있다. 청나라 4대 옹정제는 아버지 강희제로부터 황위를 물려받았는데 유서를 위조했다는 조작설이 끊이지 않았다. 그런 이유에서인지 몰라도 '不二'라는 현판을 걸어놓고 그 뒤에 후계자 이름을 넣어 황위를 잇도록 하였다고 한다. 황후에게 다른 마음을 먹지 말라는 당부의 뜻이리라. 이와 사육신공원의 의미는 다르다. 임금을 섬기는 신하의 자세를 이름이니 충절은 비교할 수가 없다.
문을 넘어 사육신 사당 의절사(義節祠) 앞에 느티나무 두 그루가 양옆에 서있다. 족히 100년은 넘은 듯한 의젓한 모습. 느티나무는 장수의 상징이니 사육신과 더불어 영원히 같이하라는 뜻이리라. 왼편에 영조조 문신 조관빈(趙觀彬)이 <有明朝鮮國六臣墓碑銘>이라는 신도비각(神道碑閣)이 보인다. 200년이 넘은 비문이라 퇴색되어 읽기도 어렵거니와 한문 해독 능력이 부족하여 뜻을 알 수 없는 것이 안타까웠다.
오른편으로는 1955년에 세운 육각의 비문이 있으니 <사육신묘비문>이다. 사육신을 상징하는 것이리라. 각 면 위로 소설가 김광섭이 짓고 서예가 김충현이 쓴 비문이 새겨져 있다.

성삼문, 박팽년, 유성원, 이개, 하위지는 집현전 학사로, 유응부와 더불어 세종대왕의 높은 신망과 깊은 은총에 감명하여 장손 단종을 보익하는 간곡하신 고명을 부른 후 문종의 뒤를 이어 단종이 등극하시매 나이 어리신지라. 정성으로 임금을 돕고 섬기는 중 단종의 숙부 수양대군이 뜻을 달리하여 정승 황보인, 김종서, 정분을 죽이고 단종을 밀어내니 때는 단기 3788년 윤 유월. 세조가 왕위에 오르매 사육신 의분을 참지 못하여 단종의 복위를 도모하다가 지극한 형벌과 무참한 죽엄을 당하여 버린 듯이 여기 누워 그 충절과 절개 천추에 으뜸되리니 이에 사육신을 추모하는 삼천만 동포의 마음 여기 모여 서울특별시 시민과 역대 시장이 뜻한 바를 김태선 시장이 이루어 지성으로 이 비가 서다.
65년 전 글이라 약간 고어체가 보이지만, 저분들의 충절을 적나라하게 표현하고 있다. 옳다, 저분들의 충절과 절개는 천추에 으뜸이다. 그 자양분이 이 나라를 살리고 이 민족을 구원하였다면 지나친 억설일까?
의절사 앞에 섰다. 방명록에 '거룩한 의는 대한민국의 근본입니다.'라고 썼다. 향을 꽂고 읍하면서 7개의 위패를 보았다. 거룩할손, 의인 7분이여! 사육신인데 왜 7분이냐는 구차한 말은 하지 말자.
일본에서는 연말연시가 되면 으레 <주신구라(忠信藏)>라는 TV특집극이 방영된다. 주군을 잃은 사무라이 47인의 복수극이다. 가부키로 시작하여 역사가 삼백 년이 넘는다. 해를 거듭해도 인기는 식을 줄 모른다. 내용은 허무하기 짝이 없다. 시골 출신 다이묘 아사노가 수도 에도에 갔다가 쇼군의 총신 기라에게 상처를 입혔기에 할복을 명받았고, 47명의 부하가 주군 아사노를 위해 복수하는 내용이다. 이는 조직폭력배에서나 가능한 일이다. 절대 의가 아니다. 아! 일본의 의와 충절은 그 정도다. 저러한 민족성이니 세계인들의 조롱을 한몸에 받는 것이다. 우리는 근본적으로 다르다. 진리를 따르는 의였다. 섬기는 임금이 삼촌에게 쫓겨나자 이를 바로잡기 위한 거사였다.
1644년 중국에서 반란을 일으킨 리쯔청(李自成)이 자금성 정문을 활짝 열었다. 명나라 16대 숭정제 옆에는 한 명의 신하도 한 명의 궁녀도 없었다. 황제는 황후와 어린 공주 하나를 데리고 뒷문으로 나가 평소 자주 산책하던 경산으로 올라갔다. 비단보자기로 공주의 목을 조르고 자신은 나무에 목을 매달므로 명나라는 운명을 다하였다. 중국은 그렇다. 그러나 우리에게는 거룩한 사육신이 있다.
의절사 뒤로 가니 아담한 무덤 7봉분이 자리하고 있다. 이름은 없이 '성씨지묘', 이렇다. 당시에 이름을 새길 수 없었던 것을 현재 그대로 보존하는 것이다. 그렇다, 이름을 넣지 않아도 누구인지 다 알고 있으니 전혀 문제는 없다.
성삼문 선생이여! 선생께서는 시조 '수양산 바라보며 이제를 한하노라./ 주려 주글진들 채미도 하는 것가./ 비록애 푸새엣 거신들 긔 뉘 따헤 낫다니.'를 실천한 언행일치의 모범을 보여준 위인이었소. 세조가 왕위에 오른 후에 지급된 녹봉을 조금도 손대지 않고 그대로 창고에 쌓아 두어 백이·숙제의 위선보다 낫다는 사실을 보여주었기 때문이었지요.

박팽년 선생이여! 선생의 재능이 정말 아까워 수양은 어떻게든 살리려 하였소. 그때마다 '전하'라는 말 대신에 '나으리'라 비하하였지요. "너는 상소문에는 '臣'이라 하면서 왜 나으리라 하느냐?" 했을 때, "나는 나으리 앞에 신이라 한 적이 없다."고 대답하였소. 상소문을 자세히 보니 '臣' 대신에 '巨'를 휘갈겨 臣처럼 속였으니, 그 지혜와 의기를 누가 따르겠소.

이개 선생이여! 목은 이색의 증손으로 가풍을 끝내 버리지 않고, 작형(灼刑)을 당하면서도 태연한 그 인내를 누가 따르겠소. 수레에 실려 형장으로 가면서 지은 시, "우정(禹鼎)처럼 중하게 여길 때에는 사는 것도 또한 소중하지만./ 홍모(鴻毛)처럼 가벼이 여겨지는 곳에 죽는 것도 오히려 영광이네./ 새벽녘까지 잠자지 못하다가 중문 밖을 나서니/ 현릉(顯陵)의 송백이 꿈속에 푸르구나!"에 선생의 삶이 담겨 있구려.

하위지 선생이여! 국문을 받으면서도 "이미 나에게 반역의 죄명을 씌웠으니 그 죄는 마땅히 주살하면 될 텐데, 다시 무엇을 묻겠단 말이오."라며 기개를 굽히지 않았고, 두 아들 하호와 하박도 연좌되어 사형을 받았는데 작은아들 하박도 죽음 앞에서 조금도 두려워하는 기색이 없이 어머니에게 "죽는 것은 두렵지 않습니다. 아버님이 이미 살해되셨으니 제가 홀로 살 수는 없습니다. 다만 시집갈 누이동생은 비록 천비가 되더라도 어머님은 부인의 의를 지켜, 한 남편만을 섬겨야 합니다."하고 하직한 뒤 죽음을 받았으니, 부전자전을 실천하였소.

유성원 선생이여! 김질의 고변으로 단종복위계획이 사전에 발각되자 관대도 벗지 않고서 패도를 뽑아 목을 찔러 자진하였으니 그 심정 무엇으로 헤아리겠소.

유응부 선생이여! 유일한 무인으로 수양이 국문하면서 "너는 무엇을 하려 했느냐"라고 묻자, "한칼로 족하(足下)를 죽이고 단종임금을 복위시키려 하였다."고 당당하게 대답하고 극심한 고문을 받고 죽었으니 과연 무인답구려. 김문기 선생이여! 이분들이 모두 주살을 당할 때, 같이 군기감 앞에서 처형되었으나 남효온의 『추강집』에 등장하는 사육신에 이름이 보이지 않아 한동안 얼마나 서운하시었소. 충의(忠毅)의 시호를 받을 만큼 공적이 뚜렷하니 늦게나마 당당히 사육신에 배향되었구려.
참관을 하고 메모하는 두 시간 동안, 경내에는 아무도 없었다. 이렇게 저분들은 외롭게 살았고 현재도 외롭다. 옳다, 외로움이야말로 새로운 창조를 위해 애쓰는 분들에게는 필수적으로 따라오는 숙명 아닌가!

대한민국이 이렇게 중국과 일본의 침략을 이겨내고 당당한 독립국가로 경제 10위권의 강국을 이룬 위업, 다 근본이 있다. 이분들의 충절이 국민들을 일깨운 것이다. 정신적 지주가 되어 주신 것이다.
묘소에서 참배를 마치고 앉아서 상념에 잠기니 극작가 버나드 쇼의 명언이 떠오른다. "어리석은 인간은 부끄러운 짓을 할 때마다 그것이 자기의 의무라고 목청 높인다." 시시때때로 망언을 일삼고 견강부회로 양심을 팔아먹는 똑똑한 사람들은 여기에 참배한 적이 있을까. 참배하였다면 무슨 생각을 하였을까.

사 육 신

임성빈 2003

다리미 뜨겁게 달굼에
분무기 옷 적시고
촉촉한 물결따라
부흥은 일파만파

뜨거운 열기가 금방이라도 터질 듯
밑창이 씩씩일 때
흰천에 스며든 빗물은
민심을 동화했다

흰물결 아는지 모르는지
면위를 오가는 애석한 다림질은
뜨거운 불길 되어 푸른 물결 삼켰고
죽은 영은 하늘위로 오르락

지상이 뜨거워짐에
증발한 단비는
약조 한구절 옷가지에 새긴채
하늘로 올랐다

두 송이의 붉은 꽃

임초현 2004

닿을 수 없어도 사랑을 하고

닿을 수 없기에 애절하고

닿지 못해 애석하오

단 한번도 닿지 못한 내 사랑

빛처럼 가루되어 사라지네

아아, 잡을 방법 정녕없고

보고픈 맘 날로 커져 가네

애석한 사람

어찌 이리 떠날고

하나의 태양

임초현 2004

하나의 태양만을 보겠네

두개의 태양은 있을 수 없으니

하나의 태양을 기다리세

다른 태양이시여 때를 기다려

그대의 자리를 찾으시오

그대가 하나의 태양이 될 수는 없는바

다른 태양을 지워 나타난 별은 태양이 아니니

그대를 어찌 태양이라 부르겠소

태양이 뜨는 때가 있듯

별이 뜨는 때가 있을것이오

그전까지 이 태양을 태양으로서 인정해주길 바라는 바이오

사육신 공원에서

장서영 1964

벌 한 마리
사육신 공원
활짝 핀
무궁화에 앉는다.

“왜 웃니?”
“이 땅에 사육신이 있는 게 감사해서.”

“내가 쏠 수도 있어, 겁나지 않아?”
“괜찮아.
수많은 어려움을 이겨낸
사육신이 있는 나라꽃인데.”

봉우리 꼭 닫은
무궁화에게 묻는다.
“왜 입 다물고 있어?”

“몰랐니?”
단종복위를 위해
꼭꼭 다문 사육신의 입술인 걸.

대충신 사육신

전대산 2000

아무리 붙잡으려 몸부림쳐도
붙잡지 못하는
많은 시간 흐르고 흘렀지만
우리는 지금도
참혹한 죽음을 당한
그 이름을 기억한다.

변화 많은 역사의
소용돌이 속에서
세조의 찬위 사건으로
정치적 생명이 끝난
단종의 복위를 위해
목숨을 건 그들에게
세상에 무서울 것은
아무것도 없었다.

단종을 복위시키는 것만이
충의를 실천하는 길이라 믿었기에
오직 한마음으로

모진 고문을 받으면서도
목숨이 다하는 순간까지 절개 지킨
그들은 만고에 이름 새길만한
충신이었다.

비록 거사가 성공에
이르지는 못했지만
그 마음 깊은 곳에
단종에 대한 애틋함과
단종에 대한 정당성을
가슴 깊이 아로새겼을
그날의 마음은 올곧았다.

오늘을 살아가는 우리에게
무엇이 나라 위하는
충성인지 일깨우는
살아 있는 이정표 되어
묘소 찾은 우리들
발길을 붙잡는다.

대충신 사육신

전대원 1996

단종에 대한 충성
하늘에 두고 맹세한 사람은
한 둘이 아니었지만
우리 역사에서
아직도 지조 있는 선비로
그 이름이 회자되는
충신들이 있다.

굳이 앞장서서
나서지 않아도 되었으련만
잘못된 것 넘기지 못하는
꿋꿋한 심성 가진
선비들이 도모한 단종 복위는
너무나 크고 위험한
모험의 시작이었다.

거사 실행에 착수하기 전에
발각되는 바람에
꼼짝없이 붙잡혀

형장의 이슬이 되어
사라지고 말았지만
아직도 그날의 굳은 절개와
변함없는 충의 정신은
우리 가슴에 살아 숨 쉰다.

세조의 찬위 사건을
불의로 단정하고
단종에 대한 충성 다짐한
사육신이 남기고 간
그토록 뜨거운 마음은
오늘도 우리 가슴에
쉽사리 잊지 못할 애틋함 되어
노량진 찾을 때마다
대 충신 사육신을 떠올리게 한다.

대충신 사육신

전대진 2002

자신의 목숨 걸고
옳은 일에 굽히지 않는
학식이 깊고 청빈했던
그 이름은 지금도
우리 곁에 살아 있다.

단종에 대한 지극한 충성으로
거사 계획을 세웠으나
큰 뜻 이루기도 전에
발각되는 바람에
하나뿐인 목숨을 잃은
그 이름은 오늘도
충신으로 기억되고 있다.

왕위를 빼앗긴 단종만이
정통성 있는 왕이라 여기고
벼슬을 버리고 절개 지키며
끝까지 단종을 추종 하였으나
하늘은 사육신의 뜻에
부응하지 않았다.

세상을 뒤흔들 뻔한
그날의 이야기는
사육신의 이름으로 전해 오면서
우리 가슴에 어떤 것이
바른 길인지 알려주는 이정표 되어
오늘도 우리 곁에서
살아 숨 쉰다.

사사로운 명예 보다는
무엇이 옳은지를 알고
불사이군의 원칙 지키며
나라에 충성하고자 한
그 이름들이
이제는 지하에서나마
평안한 영면에 들기를
빌고 또 빌어본다.

대충신 사육신

정득용 1955

대충신, 사육신은 충성과 절개로 올곧은 선비 정신의 표상이다. 어린 단종 임금의 숙부인 수양대군(세조)이 강제로 왕위를 빼앗으면서 선왕의 유언과 사리에 따라 성삼문을 비롯한 사육신은 단종 임금의 복위 거사를 계획하다가 한 사람의 밀고로 계획은 실패하고 관련된 충신은 불에 달군 인두로 살을 지지는 모진 고문을 당하면서도 꿋꿋한 태도로 보여 오히려 세조에게 즉시 왕위를 내놓아야 한다고 주장했다. 엄숙한 분위기 사육신의 무덤과 위패를 모신 의절사가 있는 노량진 사육신 공원은 녹음이 짙은 도심지 공원으로 은행나무와 단풍나무가 많아 가을 단풍 구경에 좋다.

나는 지방의 상업계 고등학교를 졸업하였다. 여러 곳에 취업 문을 두드렸지만 실패하고, 군에 입대하여 병역 문제를 해결하면서 쉽게 금융권 회사에 취업했다. 회사 근무 중 행정 서류의 많은 부분이 전산 처리됨을 알았고, 앞으로 직업 선택에서 많은 도움이 있음을 발견하게 되었다. 3년간 근무한 후 퇴직금으로 등록금을 마련하고 서울시 동작구 상도동에 있는 숭실대학교 전산원에서 컴퓨터 관련 학업을 했다. 재학생 중 나는 고령자였고 취업을 위한 학업에도 열중했다. 거주지 광명시에서 학교로 가는 버스는 노량진역 부근 버스 정류장에서 갈아타 다른 버스를 타고 학교로 가야만 했다. 휴일도 없이 공부를 열심히 했지만, 막상 쉽지만은 아니했다. 그때 학교 근처 달동네에서 자취하는 나이가 비슷한 친구가 있었는데, 서로 의지하면서 서로 같이 공부를 했다. 남들은 휴일에 남이섬 등 먼 곳으로 구경하였지만 나와 친구는 비용과 시간이 없어 못 가고 반면 학교와 가깝고 노량진 버스 정류장에서 10여 분 거리 사육신 공원을 찾아 사육신 정신을 함께 본받아 졸업 후 반드시, 취업하여 부모님과 나라에 꼭 보답하고자 굳게 다짐했다.

사육신들은 과거시험에 급제한 총명하고 기골이 장대한 선비로 세종대왕의 총애를 받으며 집현전에서 한글 창제에 큰 힘을 쏟은 선비들로 성삼문, 박팽년, 하위지, 이 개, 유성원, 김문기와 무과 출신 유응부 등의 대충신으로 세종대왕이 승하하자 첫째 왕자 향이 조선 5대 문종이 임금이 되었다. 문종은 너무나 착하여 어질어 둘째 수양대군과 셋째 안평대군이 형인 문종이 병약한 것을 보며 겉으로는 나랏일에 관심이 없는 척 행동을 했지만, 속으로는 나름대로 계획을 하나하나 세우며 호시탐탐 왕의 자리를 탐내고 있었다.

문종이 승하하자 11살의 어린 단종이 임금이 되었다. 단종은 나이가 너무 어렸기 때문에 나랏일을 문종의 유언에 따라 영의정 황보인, 좌의정 남지, 우의정 김종서 등 세 정승과 성삼문을 비롯한 집현전 학사들을 중심이 되어 단종을 보살피고 있었다. 따라서 왕실은 왕권을 지켜야 한다고 하고 대신들은 어린 임금을 지켜야 한다며 자주 부딪히게 되었다. 급기야 수양대군과 안평대군의 위협에 놀라, 단종은 대신들과 집현전 학사들의 논의 후 왕실 측근의 궁궐 출입을 막았다. 또한, 김종서의 계책으로 수양대군을 명나라에 사신으로 보내는 등 차분히 뒷일을 준비하였지만. 이에 수양대군은 명나라 사신을 다녀온 후 노발대발하며 한명희, 권람 등 심복 장수들을 규합하여 먼저 우의정 김종서 집을 방문하여 아들(김승규)과 같이 타살한 후 대신들의 규합 힘을 빼고, 궁궐을 쳐들어가 단종 임금에게 "김종서 일파가 역적모의"를 해서 반란을 일으켰다는 거짓 보고를 하였다. 또한, 단종 임금을 협박하여 어명으로 신하들을 즉시 입궐하라는 명령을 내렸다. 영문을 모르고 궁궐로 들어오는 산하 중 미리 살생부를 만들어 일부를 타살하는 등 계유정난을 일으켜 동생인 안평대군을 반역의 무리에 포함해 강화도로 귀양을 시키고 그곳에서 사약을 내려 죽게 하는 등 장래의 위협을 없도록 하였다.

유일한 힘인 우의정 김종서가 수양대군의 심복 장수들로부터 피살되자 임금을 보필하는 대신들은 힘을 못 쓰고 결국 수양대군은 자신이 영의정 겸 이조판서가 되어 자기를 도왔던 정인지를 좌의정에 한확을 우의정에 신숙주를 우승지에 권람을 우부승지에 임명하여 나랏일을 주물렀다. 또한, 우승지 신숙주(집현전 출신)를 앞세워 백성들의 마음을 사로잡고 집현전 학사를 포섭하여 신하로 삼으려 했다. 총명한 집현전 학사들은 결코 수양대군의 꾐에 넘어가지 아니했다.

성삼문을 비롯한 집현전 학사들은 벼슬을 내려놓고 낙향하여 문하생을 키우며 한가로운 생활을 바랐지만, 선왕의 유언과 어린 임금 단종이 걱정스러워 힘들더라도 그대로 조정에 담아 훗날을 도모하게 되었다. 수양대군은 측근들과 잔치를 벌이는 모습을 보고 억울하게 왕권을 빼앗긴 단종 임금을 사모하며 수양대군을 제거하는 계획을 수립하게 된다.

수양대군의 측근인 정인지가 계유정난이 지난 2년이 되자 수양대군에게 계책을 내놓았다. 그것은 백성들의 마음이 대감 쪽으로 기울어졌다는 달콤한 말로 수양대군을 살살 부추겼다. 단종으로부터 옥새를 받으라는 것이었다. 수양대군은 겉으로는 짐짓 망설이는 체하였으나 그 일을 좌의정 정인지에게 일임했다.

맨 처음 정인지는 단종 임금을 찾아가 "한나라의 임금이란 덕을 가지고 백성들을 다스려야 하옵니다. 하오나 전하께서는 아직 어리셔서 덕이 부족하시옵니다,"라고 전했다. 다음에는 우의정 한확이 단종 임금을 찾아 " 백성들은 수양대군께서 임금이 되기를 바라고 있사옵니다. 전하. 왕위를 수양대군에게 물려주시는 것이 진정으로 나라와 백성을 위하는 길이 옵니다."라고 했다. 그 후 신하들은 계속하여 어린 단종 임금을 압박하게 되었고, 의지할 곳도 없는 단종은 가슴이 답답하여 '어차피 왕위를 빼앗길 바에야 스스로 물러나리라.'라고 결심하고 수양대군에게 왕위를 물려준다는 교서를 내렸다.

왕권의 옥새를 전달하는 전의식에서 단종은 "과인이 아직 어리고 부족함이 많아 영의정 겸 이조판서인 수양 숙부에게 왕위를 넘기기로 했소."라고 말하자 단종을 믿고 따르던 신하들은 눈물만 글썽일 뿐 아무 말도 하지 못했다. 단종 임금은 예방승지 성삼문에게 옥새를 가져오라는 명령을 하달하였으나, 성삼문은 흐느끼며 옥새 전달을 머뭇거리자 수양대군과 측근 정인지, 권람, 한명희 등은 못마땅한 표정으로 성삼문을 쏘아보았다. 수양대군은 옥새 받기를 겉으로는 거절하는 척했지만 내심 받기를 원했다. 수양대군은 조선 7대 세조 임금이 되어 백성들을 위한 새로운 정치를 펼치면서 성삼문 등 집현전 학사를 포섭하는 등 신하로 전환하도록 유도를 하였으나 대나무 같은 선비들은 세조가 친절하게 대하면 대할수록 가슴속 깊이 더욱 굳은 결심을 하게 된다. '어떠한 일이 있더라도 세조를 왕위에서 몰아내고 단종을 다시 임금으로 모시리라.' 하면서 성삼문은 규합 세력인 박팽년·하위지·유성원·이개·유응부 등과 비밀리에 따로 만났다. 이들은 성삼문의 사랑방에서 수양대군 살해 계획은 추진하였다.

세조가 왕위에 오른 지 어느덧 1년이 지난 시점 권람의 요청에 의거 단종을 귀양을 보내자고 했다. 이 소식을 들은 성삼문은 초조하여 수양대군 살해 실행을 수립하여 각자의 임무를 배정하고 세조를 왕으로 인정하는 명나라 사신을 위한 광연전 환영 잔치에서 별운검 임무를 맡은 성승(성삼문 父)과 유응부을 통해 시해하기로 정하고 만반의 준비를 했다. 그런데 한명희가 급히 세조에게 알려 승지에게 장소가 좁고 더워 세자가 나오지 않고, 별운검을 두지 않기로 하여 무관들을 돌려보냈다. 아까운 기회를 놓친 성삼문 세력은 의견이 갈렸다.

당장 하자는 사람과 훗날을 도모하자는 사람이 갈려 결국 훗날을 기약하고 거사를 못 하고 만다. 뜻밖에 시해 거사가 연기되자 계획이 탄로가 날까 봐 두려움을 가진 김질이 장인 정창손에게 고하자 장인은 깜짝 놀라며 궁궐로 들어가 사실을 세조에게 낱낱이 일러바쳤다.

세조는 성삼문 일행 등 사육신 선비를 불러 불에 달군 인두로 고문을 하며, 자백을 시도하였지만 "하늘에 어찌 두 개의 해가 있을 수 있으며, 백성들에게 어찌 두 임금이 있을 수 있겠소? 우리는 아무 죄도 없소. 다만 상왕의 신하로서 당연히 할 일을 했을 뿐이오."라고 하며 "어찌 나리를 임금으로 받들 수가 있겠소?"라고 했다. 세조는 강하게 고문을 하여 죽음에 이르렀고, 시체는 버려져 누구도 거두어주려는 사람이 없었는데 방랑객 스님(김시습)이 수습하여, 사육신 공원묘역에 모셨다. 생육신 남효온이 <육신전>으로 사육신의 기록을 남겨 오늘에 전해지고 있다.

당시 나는 사육신 공원묘역을 찾아 충성과 절개의 선비 정신을 본받아 졸업과 동시 자격증 취득으로 1984년 국가공무원 시험에 합격하여 국립대학 전산 업무를 맡아 33년간 근무 후 2016년도에 정년퇴직하였고 친구도 초등학교 교사로 발령을 받았다. 공무원 퇴직 후 코로나-19가 오기 전 작년까지 둥굴레 봉사단원으로 매월 4회 요양병원과 장애인복지기관에서 재능봉사를 하였다. 대충신 사육신 정신은 나의 인생 제2막 삶의 형성에 깊이 녹아 지금도 활활 타오르고 있다.

어느 위인전을 읽고

정명기 1996

위협을 느낄 때 눈을 질끈 감는다
다시 떴을 땐 웃을 수 있으리란 희망을 가져본다
그러니 한번만 눈을 감아줬으면 했다
그러나 그들은 기어코 눈을 떴다

매 순간 눈을 감았으면 했다
살육이 벌어진 그날 모른 척 잠을 청했다면
그가 끝내 용상에 오른 순간 인정해줬다면
들려오는 아이의 비명소리에 귀를 틀어막았다면
그렇게 감은 눈을 뜨면 웃을 수 있었을 것을

기어이 그들은 눈을 떴다
어둠 속 여섯 줄기의 빛은 더욱 빛나보였다
용상에 오른 이를 마주하면서도 눈을 뜨고 있었다
찢어지는 고통 속에서도 눈을 부릅 뜨고 있었다
나는 마지막 장을 넘기며 그들이 부디 눈을 감아줬으면 했다

그들은 영원이 눈을 감기로 결정했다
그들의 결정에 나도 눈을 감았다
눈물이 볼살을 타고 흘렀다
그들이 다시 눈을 떴을 땐 웃으리라 확신한다

사 육 신

정원준 2008

아직은 힘없고 가엾은 어린 왕을
부당한 권력으로부터 지키고자
여섯 개의 마음이 하나 되어
목숨 바쳐 충성을 다하였으니

비록 뜻은 이루지 못하였으나
나라를 위하고 왕을 위하는
여섯 개의 정의로운 마음은
수백 년 후손들의 마음에 살아있네

사 육 신

정원혁 2013

누구나 목숨은 하나이고

누구나 죽음은 두려운데

사육신은 목숨 걸고

일편단심 충성을 다했네

내가 단종이라면 그 마음

고맙고 또 고맙다고 말할 거다

기 수

정종호 1997

눈이 머물던 자리에
꽃이 만발하고
꽃이 머물던 자리엔
열매가 가득하다
한 겨울 맹렬한 추위마저
꺾지 못 했다

그들도 그런 것이다
그들이 머문 자리는
죽음이 찾아오고
충이란 깃발이 꽂히고
역사를 받침 삼아
꺾이지 않았다

덧 없는 세월 속
꺾이지 않던 수 많은 깃발이
아직 많구나
나는
그 모든 깃발을 따라
가볼련다 그 끝자락까지

그들의 편지

정지호 1996

정오의 하늘이 어두우니
이것은 나의 태양이 아니다

그 어떤 빛도 태양을 대신할 수 없음을
그대는 모르는가

발 디딘 땅에서 태양을 볼 수 없다면
하늘로 올라가야지
끝없이 올라가야지

우리는 말한다
버리는 것이 지키는 것이고
죽는 것이 이기는 것이다

고단하구나
그러나 나는 부끄럽지 않다.

대충신 사육신

정홍일 1960

하루치 마음으로 하루를 살려는가
그날 서산 해 기울도록 만 대를 퍼져갈 북소리
사육신 쉬어갈 황천길 여인숙을 찾아다녔네
1456년 한강 변 노량진을 거슬러 올라가면
2020년 노량진 사육신 공원으로 이어지는데
일편단심 충절 품은 일곱 학이 깃들어
비틀린 몸 찢어지고 꺾인 날개 잘려도
기교 없는 겉과 속이 한결같구나
백설은 환영처럼 흩날리는가
어디선가 통곡을 두드리는 검은 북소리
절의는 흰 눈에 붉음을 아로새기고
말이 곧으매 못다 핀 꽃 기꺼이 육신을 죽어나간다
이름 없는 풀들 말라가는 나뭇등걸
사방으로 흩어져 서릿바람에 꽃봉오리 염원하였지
낙락장송 나이테 만 년을 돌아가는데
비스듬히 굴러가던 아픈 연대기가
사육신 공원에 불이문을 달아내었다
관절 마디마디 파고드는 절개 높은 통증
계유년 돌 구르는 소리 멈추자
일곱 학이 학창의를 입고 서산을 날갯짓하네

가 리 다

제언지 2004

저 하늘에 해와 달은 내 한 손으로 다 가려지지만

그 빛만큼은 한 손으로 가릴 수 없듯이

저 하늘에 수놓인 많은 별들은 한 손으로 가릴 수 있겠는가

하늘은 다 가릴 수 있겠는가.

가릴 수 없으니 하늘과 빛과 별을 품어 뜻을 따르겠다.

대충신 사육신

제언지 2004

1456년 세조를 왕위에서 끌어내고 상왕을 왕위로 다시 복위시키려는 움직임이 일어나고 있었다.

"자네 그 말 들었는가"
"무슨 말을 말 하는 건가."
"그게..있지 않나.."
하유운은 자꾸만 뜸을 들이는 친우에게서 어떤 말이 입 밖으로 나와 자신이 들을지 짐작조차 하지 못하였었다.
"..그게 무슨 말인가, 반역이라니? 내 친우가 그럴 일을 할 이유가 없지 않은가."
"그래, 믿기지 않겠지만 사실이라네. 현 왕을 끌어내고 상왕을 복위시키려 하신다는 것이."
하유운은 직접 확인하기 전까지는 믿을 수 없다며 자신의 말을 타고 반역을 꾀하고 있다던 제 친우, 유성원에게로 급히 달려가고 있었다.
....
"아이고, 여기까지 어쩐 일이십니까?"
"..주인 어른은 어디에 있으시냐."
"지금 별채에 계십니다. 오셨다고 말씀을 드리겠습니다."
"아니다, 내 급히 중요한 말을 전해야 하니 직접 가겠다."
하유운은 가쁜 숨을 뒤로 하며 자신의 모습이 어떤지도 모른 채 유성원이 있다던 별채로 갔다.
"자네가 이 늦은 시간에 여기까지 어쩐 일인가. 그리 헝클어진 모습으로."
"자네는 어찌 그리.. 그리도 고단한 길을 가려는 건가. 자칫하면 목숨을 잃을 수도 있지 않은가."

하유운의 목소리가 조금 가냘프게 떨렸다.

유성원은 달이 깊은 이 밤에 갑작스럽게 찾아와 제 친우가 혹시 세조의 사람이어서 자신을 해치려고 온 것인지 잠시 의심을 했었지만 제 친우인 하유운의 눈을 보자 그 눈은 해치려고 하는 눈이 아닌 오히려 마치 자신을 사냥꾼에게 쫓기는 사슴을 보듯이 바라보고 있었다.

"자네도 알고 있지 않은가. 하나의 하늘 아래 태양이 둘일 수 없듯이, 하나의 하늘에 태양과 달이 공존하여도 함께 볼 수 없듯이 나 또한 그런 것일 뿐일세. 어찌 신하 된 도리로서 두 명의 왕을 모실 수 있겠는가.

내 비록 상왕 시절 참된 신하는 아니었으나 지금이라도 충신은 될 수 있지 않겠는가."

유성원의 눈은 한 치의 흔들림도 없이 올곧은 눈으로 하유운을 바라보고 있었다.

"..자네는 어찌도 그리 태연할 수 있는가."

"상왕은 왕위 자리를 그냥 넘겨 주신게 아니다. 상왕께선 자신의 삼촌인 세조가 왕위를 빼앗은 것이지 않나. 이것은 충과 효 모두를 저버린 짓이라네. 그러니 난 상왕 복위에 머뭇거리거나 떨 필요가 없는 것이네."

"그래.. 자네는 그런 사람이었지."

"...자네는 내가 지금 하고 있는 이 일을 말리고 싶은가?"

"말릴 수 있었다면 진작에 말리지 않았겠는가. 난 내 친우를 잃고 싶지 않다네. 하지만 자네 눈을 보니 이미 굳게 다짐한 것 같은데 내 어찌 말릴 수 있겠는가."

"..."

"상왕을 복위시키는 것은 무척 어렵고, 힘들 것일세. 무슨 방법으로 복귀시킬 것인가? 무슨 방법이 있는가?"

"아주 없지는 않다네. 세조가 명 사신을 창덕궁에 초청하는 자리를 마련한다는 소식이 들었다네. 그래서 나를 포함한 상왕 복위에 찬성하는 사람들이 계획을 짜고 있었는데 마침 별운검에 성삼문의 아버지인 성승과 유응부, 박쟁이가 임명되었어. 그래서 그 곳에서 세조 일파를 제거하고 권력을 장악해 상왕을 다시 복위 시킬걸세. 자네 말대로 무척 힘든 일이 될걸세. 하지만 잘못된 것은 고쳐 다시 제자리로 돌려놓아야 하지 않겠는가."

" 내 지금 말린다 한들 무슨 소용이 있겠는가. 내가 도울 일이 있으면 말하세. 내 기꺼이 나서 도와 줄터이니."

"괜찮네 잘못 하다가 자네까지 위험 할 수도 있으니 내 마음만 받겠네. 고맙세."

하유운은 오래된 친우인 유성원이 상왕을 복귀 시키는 그런 위험한 일을 벌인다는 것을 알았지만 차마 한 치의 떨림 없이 올곧은 눈으로 자신을 바라보던 제 친우가 하고자 하는 일을 말릴 수 없었다. 그래서 하유운은 그저 격려 밖에 할 수 없었다.

"그래, 부디 몸 조심히 다녀오게."

"알았다네, 내 이 일이 끝나면 한번 거하게 쏠 터이니 그리 알고 있게나."

그 후 별운검으로 참여하게 된 성승과 유응부 그리고 박쟁이는 세조일파를 제거하고

권력을 장악하려 했으나 연회 장소가 좁아 별운검이 들어가지 못하게 되자 거사를 뒤로 미루었다. 그러나 성삼문을 통해 이들의 계획을 알게 된 김질이 장인인 정창손과 함께 세조에게 이 사실을 밀고하면서 거사는 실패로 끝났다.

그 과정에서 계획을 주도한 성삼문·이개·하위지·박중림·김문기·성승·유응부·윤영손·권자신·박쟁·송석동·이휘 등은 1456년 7월 10일 군기감 앞에서 수레로 찢겨 죽임을 당하는 거열형을 당했고, 유성원은 잡히기 전에 집에서 아내와 함께 스스로 목숨을 끊었다. 이들의 친자식들도 모두 목을 매어 죽이는 교형에 처해졌으며, 집안의 여성들은 노비가 되었고, 가산도 모두 몰수되었다.

위 이야기는 유성원의 이름과 그 후 이야기를 제외한 모두 픽션임을 알려드립니다. 읽으시는데 참고 하시길 바랍니다.

단심가

조정옥 1985

단심따라 죽음으로 업적을 완성하고
충절따라 군기감 앞 이슬이 되었네

어두운 새벽을 타고 한강을 건너
이곳 노량진에 터 잡고 있어도
이 내 마음 하릴없이 헛헛허이

민절서원과 신도비가 세워졌어도
충정을 향한 이 내 마음 아직 뜨거우이

영월에 계신 장릉까지 한강의 바람타고
일편단심 이 내 충정 가여운 내 님께 가닿으리

천리가 떨어져 있다한들 이 내 단심은
그대에게만 가닿으리

야광명월(夜光明月)

진윤선 1998

설운 가을 밤, 마당을 쓸다가 고개를 들면 여즉 등잔불이 밝은 어르신의 방이 보였다. 어둠이 깊게 내려앉아 많은 이들이 이부자리에 몸을 뉘고 하루의 피로를 풀 적에도, 어르신이 계신 방은 저 달과 함께 은은하게나마 빛나고 있었다. 그럼 나는 뒤늦은 잡일을 하다가도 덜컥 멈추어 그 빛을 하염없이 바라보는 것이다. 내게 어르신은 다른 세상의 사람처럼 생경하고, 또 존경스러운 분이었다. 달과 같이 하늘 위에 떠 있어 닿을 수는 없지만, 그 존재만으로도 조금이나마 제가 살아가는 좁은 세상을 믿을 수 있었다. 매일 밤, 나는 그곳에서 흘러나오는 불빛을 보며 단 한 번도 내가 살아가는 세상이 어둡다고 여긴 적 없었다.

평온하던 날은 어느 순간 인사도 없이 스러졌다. 어르신이 연못에 뛰어들려 하셨다는 이야기가 들렸다. 집안 모두가 어찌할 바를 모르고 허둥대었다. 조심히 어르신을 걱정하면서도, 분명 큰 뜻이 있으셨다고 그리 말했다. 나는 쉬이 이해할 수 없었다. 그게 충의고, 절의라 하더라. 저 같은 천것은 아직 어리고, 배움이 없는 탓에 이해할 수 없는 말이라 여겼다. 그저 귀한 어르신이 걱정되어 그게 대체 무어길래 그 귀한 분이 목숨을 던지려 하시느냐고, 웅얼대며 어미 곁에 쭈그려 앉아 있는 것이 전부였다.

"공자(孔子)께서 이르기를, 지사(志士)와 인인(仁人)은 삶을 구하기 위해 인(仁)을 해치지 아니하고, 몸을 희생하여 인을 완성한다고 하였다."

그러니, 충이라는 건... ... 저도 모르게 저 안에서 들리는 어르신의 희미한 목소리에 귀를 기울였다. 조금 지친 듯 갈라진 목소리에서도, 그 단단함이 여실히 느껴졌다. 이미 제 어미는 저 멀리 다른 일을 하러 갔는데도, 디딤돌 밑에 앉아 어르신의 말씀을 몇 번이고 곱씹었다. 제가 이해할 수 없는 말일 테지만, 그럼에도 기억에 새겨두고 싶었다.

조그마한 손을 꾹 쥐였다 펴기를 반복하며 어르신의 말씀에 집중하고 있다, 문지방을 나오는 어르신과 눈이 마주쳤을 때는 어쩔 줄 모르고 굳어버렸다. 혹

제가 쓸모없이 놀며 말이나 엿듣고 있다 여기시면 어쩌나 걱정하고 있을 때, 저를 향하는 따스한 목소리가 들렸다. 그래, 너는 충이 무어인 것 같으냐. 뜻밖의 물음에 당혹스러워 어물거리다, 잘 따르는 것이라 생각한다 말씀드렸다. 어르신께는 하등 우스운 대답일 텐데도, 핀잔 한 마디 없었다. 건강히 자라고, 어미 말 잘 듣고, 일도 열심히 하고, 궂은일에 꺾이지 말고, 그리 지내거라. 어르신은 한참 저를 바라보다 그저 그리 말씀해주셨다.

그 이후로, 종종 다른 어르신들이 밤에 댁을 찾아오시는 일이 늘었다. 어르신이 어딘가에 다녀오시기도 했다. 부인께서는 불안한 듯 보이셨지만, 그래도 늦은 밤 어르신의 발걸음이 어디론가 향하는 날이면 늘 다정히 문 앞까지 나와 채비를 해주셨다. 나는 어미 곁에 붙어 잔심부름하다가도, 조심스레 다시 어르신을 시야에 담고는 했다. 짙은 달빛 아래의 결연한 낯이, 꼭 어르신이 말씀하시던 구절과 겹쳐 보였다. 나는 글을 읽을 줄 모르고, 배움이 긴 이들처럼 덕이며 인이며 하는 것도 알지는 못했지만, 그에 부끄러움은 없었다. 천것이란 자고로 건강하고, 일 잘하면 그만 아닌가. 하지만, 종종 어르신의 글이 궁금한 날이 있었다. 달만큼이나 말간하게 빛나는 어르신의 밤에는 무슨 글이 흘러나오고 있을까. 결국 궁금함을 참지 못하고, 주변을 쏘다니며 혹 어르신이 무슨 글을 쓰는지 아느냐 묻고 다녔지만 제 주변 이들이 알 턱이 없었다. 다들 배움이 짧은 데다, 천것이 그 높은 분 마음을 어찌 아느냐며 핀잔을 주기도 했다. 그리고 개똥이가 네가 그걸 왜 알아야 하느냐 따질 때는, 덜컥 속내가 뒤집혔다. 나도 알고 싶을 수도 있지! 내 까막눈이라도, 어르신의 글이 저 달만큼 찬란한 글이라는 건 안다! 차마 인내할 줄도 모르고 개똥이에게 성질을 내었다가, 뒤늦게 부끄러움이 몰려왔다. 이미 엎은 것을 수습할 수 없어 꾹 다문 입으로 쏘아보면서도, 제 주변 사람들은 모두 웃어 버리는 탓이었다.

괜히 개똥이가 보일 적마다 흘겨보며 마당 구석이나 청소하던 도중, 멀리서 어르신의 목소리가 들리는 듯했다. 그걸 알자마자 지레 부끄러워 구부정하게 굳어버렸다. 그런데 어르신의 발걸음이 제 곁에 멈추어버린 것이다. 혹여나 제 이야기가 들렸을까. 괜히 천것이 주제를 모른다 화내시는 게 아닐까. 전전긍긍하면서도 간신히 몸을 돌려 인사드렸다.

네가 글이 궁금하더냐? 어르신의 말씀에 나는 놀란 낯으로 고개를 번쩍 들었다. 속으로는 분명 아니라고 해야 하는데 생각하면서도 저도 모르게 네, 하고 답하였다. 저는 알 수 없는 그 깊고 또 깊은 속내에 기다림이 애가 탔다. 어르신은 한참 저를 내려다보시더니, 잠시 시간이 나니 들려주겠노라 하시는 것이었다. 어미가 들으면 주제를 넘어도 정도가 있다며 저를 무척 혼냈을 텐데, 그걸 알면서도 어르신의 다정이 좋아 입꼬리가 환하게 말려 올라갔다.

"까마귀 눈비 맞아 희는 듯 검노매라. 야광명월이 밤인들 어두우랴. 임 향한 일편단심이야 변할 줄이 있으랴."

제가 혹 괜찮으시다면, 지난밤 쓰신 것을 듣고 싶다 여쭈었을 때 어르신은 조근히 그리 읊어주셨다. 낮게 가라앉아 꼭 달무리 흘러가듯 오롯한 목소리가 귓가에 닿았다. 야광명월. 나는 몇 번이고 그 말을 곱씹었다. 어르신의 지난밤은, 저 시구가 채웠겠구나. 달만큼 환한 등잔불이 어르신의 그러한 마음을 비추고 있었겠구나. 그 사실을 알게 되었다는 것만으로도 시끄러운 속이 환하게 개는 듯했다.

그리고 이제 막 봄이 지나고 여름이 찾아올 무렵, 아슬아슬하던 평화가 깨졌다. 집안에는 군이 들이닥치고, 어르신은 의금부에 끌려가셨다고 하는데 어찌 되셨는지 알 길이 없었다. 도련님들마저 끌려가 버리자 갈 곳 없는 원망만 쌓여갔다. 유독 흐리던 날, 아직 덜 여문 나는 어찌할 바를 모르고 밀려오는 이들이 무서워 늘 그랬듯 굳어 있었다. 그런 저를 창고로 숨긴 것은 어미의 손길이었다.

닫힌 문의 틈새로 간신히 사람들을 지켜보고 있는데, 겁에 질린 숨소리가 들렸다. 뒤를 돌자 저보다 일찍 숨어든 것인지 개똥이가 바들바들 떨면서, 이게 다 어르신이 숙이지 않아서 그런 거라 하더라 원망을 뱉어내었다. 분명 두려워서 하는 말인 줄 알면서도 속이 울렁였다. 그 때문에 숨어든 와중에도 너는 매일 밤, 어르신의 방이 저 달과 같이 밝은 걸 보지 못 했느냐고, 그게 허튼 빛인 줄 아느냐며 대꾸할 수밖에 없었다. 제가 소리칠 줄 몰랐는지 개똥이는 사람들이 창고를 열어볼까 절절매는데, 결국 화를 참지 못하고 먼저 벌컥 문을 열고 뛰어나왔다.

문을 열고 나서는, 무슨 정신인지도 모르게 마냥 뛰고 또 뛰었다. 이내 어르신 방에 있던 그 시구를 품에 숨기고서 밖으로 달음박질쳤다. 시구가 찢어질까, 혹 다른 이가 보고 태우면 어쩌나. 저의 허튼 목숨이 아까워 숨겨준 어미의 마음도 잊고, 아득바득 찾아낸 것이었다. 제가 어르신께 배운 충이란 그런 것이라 여겼다. 분명 어르신의 뜻은 더 높고 대단할 테지만, 적어도 제가 차마 헤아릴 수 없는 그 마음이 세상에서 영영 사라지게 하고 싶지는 않았다. 깊은 밤이 될 적까지 어느 수풀에 숨어 낯을 제 무릎에 묻었다. 혹여 제 땀에 종이가 상할까 걱정하면서도 차마 주변이 조용해지기 전까지 꺼내 볼 생각을 못 했다. 뒤늦게 산에서 내려와 돌아가지도 못하고, 뉘 집인지 모를 담벼락 밑에 숨어들었다. 그리고는 그제야 품에서 꺼내어, 읽지도 못하는 시구와 달을 번갈아 바라보았다. 야광명월이 밤인 듯 어두우랴. 저 하늘의 달은 여전했으나, 등잔이 꺼져 있을 어르신의 방을 떠올리자 세상이 더없이 어둡게 느껴졌다. 어르신이 그리웠다.

사육신을 그리다

채인영 1998

나는 가슴속에 '사육신(死六臣)'을 품고 살아가고 있다. 역사 속으로 사라져 가는 사육신의 육신충절(六臣忠節)을 도저히 놓을 수가 없어서, 아직 닮고 싶은 부분이 너무 많아서 나는 아직 배움의 길을 이어가고 있다. 점점 시간이 지날수록 옅어지는 현대인들의 충(忠)과 의(義). 그에 대한 고찰과 안타까움이 나날이 과거 사육신의 충절(忠節)을 그리는 마음으로 표현되고 있다. 도대체 어떻게 그 고통스러운 고문의 나날 속에서도 임을 향한 그리움과 충성만을 내세우며, 버티고 또 버티며 죽음을 맞이하였을까. 그들은 어떻게 그럴 수 있었을까. 꼬리에 꼬리를 무는 존경을 되뇌다 보면 나는 어느새 가슴 가득히 들어선 그리움을 또 마주하게 된다.

단종을 향한 변치 않는 충심으로 죽음 앞에서도 굴복하지 않았던 대충신(大忠臣) 사육신. 그 충심(忠心)을 처음 접했을 때의 충격과 먹먹함은 아직도 단연코 잊히지 않는다. 불에 달군 쇠막대로 수없이 몸을 고문시켜도 세조를 향해 "막대가 식었다. 다시 달궈 오너라."라며 호령할 수 있는 사육신의 패기(覇氣). 단종이 아닌 왕은 섬기지 않겠다 하여 '臣(신하 신)'을 사용하지 않고, '巨(클 거)'를 사용하였던 불사이군(不事二君) 정신. 그 모든 육신충절(六臣忠節)의 정신이 너무나도 곧고 매서워서 머리를 얻어맞은 듯 어지럽고 부끄러워 고개를 들지 못하였다. 나는 이렇게 평안한 시대에 살아가면서도 당장 눈앞의 실패가 두렵고, 타인의 시선이 두려워 원하는 바를 행하지도 못하였구나. 참담했다. 그리고 이로 인해 나는 변화하기 시작했다. 사육신들은 나에게 인생을 바꿀 수 있는 큰 깨우침을 남겨주었다.

21세기 현대사회에서 '불의(不意)'는 보아도 못 본 것이며, 혹여 관여하더라도 자신에게 화가 끼칠까 염려하여 쉽사리 행동하지 못하는 것이 되어버렸다.

잘못된 것을 잘못되었다 말할 수 있는 용기조차 부족한 실정이 되어버린 현대 사회. 그 속에서 과거 목숨을 바쳐 죽음으로 의리를 지켰던 사육신(死六臣)을 잊지 않고, 그 충의(忠義)를 행동으로 실천하는 것은 이제는 필수불가결한 현대인들의 삶의 좌표가 되어버렸다. 우리는 그 정신을 본받아 마땅히 행하여야 한다. 분명 그러한 배움과 실천의 태도는 지금 현대인들의 비겁한 모습을 변화하게 할 것이다. 과거의 역사로 하여금 배우며 반성을 하고, 각성할 수 있도록 하는 강력한 정신의 촉매제가 우리에게 필요한 지금. 사육신(死六臣)의 이야기는 후손들의 올곧은 정신 기조가 되어 모두를 옳은 길로 이끌어줄 것이다.
가족들의 안위를 지키지 못하는 상황에서, 고된 고문의 끝에 죽음을 맞이하면서도 뜻을 굽히지 않았던 그들의 절개(節概)가 역사 속에 선명히 남아있는데 현대인들은 무엇을 그토록 두려워하여 자신의 도리를 다 행하지 못한단 말인가? 이렇게 나약한 후대에게 사육신의 정신이 널리 퍼져 부족하고 약한 현대인들의 마음과 행동거지에 충의(忠義)를 실천할 수 있는 의지를 심어줄 수 있기를 바란다. 그리고 언젠가 죽음의 강 건너에서 다시 사육신(死六臣)들을 마주할 수 있는 날이 온다면, 그 고귀한 정신을 이어받아 이렇게 자랑스러운 후손으로 성장할 수 있었노라고 말할 수 있는 올곧은 사람으로 성장하기를 바란다. 이러한 나의 바람이 너무도 일찍 순절(殉節)한 여섯 명의 충신 성삼문、박팽년、하위지、이개、유성원、유응부에게도 닿아 그 감사한 마음을 전할 수 있기를 간절히 기도한다.

오늘날 우리는 사육신(死六臣)의 정신을 마음 깊이 새기며 살아가야 한다. 역사를 바로 세우기 위해 목숨을 잃을 것을 두려워하지 않았던 그 충의(忠義)와 희생(犧牲)정신을 배우고 실천하며 후대에게 알려야 한다. 우리가 추모하고 기억하지 않으면 그 깊고 넓은 은덕(恩德)을 어찌 다 갚을 수가 있겠는가. 사육신들의 육신충절(六臣忠節) 정신을 이어받고자 하며, 세월의 흐름에도 그들의 공덕이 흐려지지 않도록 현창(顯彰)하는 삶이야말로 세조 2년(1456), 차갑게 역사 속으로 스러졌던 여섯 명의 충신을 기리는 일일 것이다. 이러한 현대인들의 회고(回顧)와 공경이 비로소 하늘에 닿을 때, 우리는 사육신들이 그토록 원했던 세상에 한 발짝 더 가까워질 수 있을 것이다.

사육신 비망록

채인영 1998

제아무리 빠르게 흘러가는 세월이라도
잊히게 할 수 없는 영원의 지표가 여기 있다

세상의 모든 이가 두려워하는 죽음조차도
꺾을 수 없었던 그들의 육신충절(六臣忠節)

나는 절대 그 충의(忠義)를 잊지 않겠다

죽음 앞에서도 변치 않던 임에 대한 그리움
사육신(死六臣)의 충(忠)

죽음으로 의리를 지킨 사육신(死六臣)의 절의
사육신(死六臣)의 의(義)

생사(生死)의 기로(岐路)에서 사(死)를 택하면서도
곧기만 했던 그들의 불사이군(不事二君)

나는 절대 그 충절(忠節)을 잊지 않겠다

옥중토론(獄中討論)

최다함 1999

은은한 달빛을 뒤로하고 걸어가는 사내가 있다. 터벅터벅. 의금부 옥사에 가까워질수록 그의 그림자는 더욱 짙어져만 간다. 옥사에 다다른 사내는 발걸음을 멈추고 침울한 눈빛으로 응시한다. 신음을 먹고 자란 망와(望瓦)는 오늘따라 유난히 쓸쓸해 보인다. 그는 결심했는지 단호한 발걸음으로 문 쪽으로 다가간다. 사내는 예를 갖춰 인사하는 포졸을 뒤로하고, 어두컴컴한 옥사 안으로 빨려 들어간다.

옥사 안 깊숙한 곳. 피, 고름 그리고 땀으로 뒤범벅된 또 다른 사내가 있다. 금방 죽어도 이상하지 않을 몰골이지만 선비의 기개(氣槪)만은 살아있는 듯했다. 허리를 꼿꼿이 펴고 고개는 정면을 향한 채 생각에 잠겨 있었다. 인기척을 느낀 그는 눈을 떴다. 생사고락을 함께했던 옛 벗 희현당(希賢堂)이 앞에 있었다. 침묵을 깬 건 희현당이었다. “취금헌(醉琴軒), 몸은 어떤가? 국문(鞫問)으로 상한 친우의 건강이 염려되네”. 취금헌은 단호한 목소리로 대답했다. “내 자네와 같은 친우를 둔 적이 없네. 지금 내 눈앞에는 이익에 신의를 팔아먹은 역신(逆臣)밖에 없는 것 같구려. 허허”. 취금헌의 말은 비수가 되어 희현당의 심장에 꽂혔다. 하지만 그는 말 한마디에 꼬리 내릴 인물은 아니었다.

희현당이 말했다. “전하께서 자네를 높이 평가하여 지금이라도 잘못을 뉘우치면 살려주겠다고 하셨네. 그래서 나를 예까지 보낸 걸세. 취금헌, 우리 함께 대조선(大朝鮮)의 기틀을 다지지 않겠는가? 전하와 나 그리고 자네라면 못할 것이 없다네. 역적질에 가담했다는 시선을 두려워할 필요는 없네. 유학에서는 능력이 없는 통치자를 대상으로 하는 혁명은 정당하다 인정하지 않는가? 하나라의 걸을 제거한 탕왕(湯王)이나, 은나라의 주를 제거한 무왕(武王)을 칭송한다네. 『주역(周易)』의 「혁괘」에서는 ‘탕과 무가 혁명함에 하늘이 따라주고 백성이 호응해 주었다’고 설명하지. 유약한 상왕이 스스로 물러나고, 전하께서 집권하시니 어찌 백성이 호응해 주지 않으리.”

취금헌의 자세는 한 치도 흐트러지지 않았다. 허리를 꼿꼿이 편 채 정면을 주시하고 있었다. 취금헌은 입을 열었다. "'충신불사이군(忠臣不仕二君)'. 충신은 두 임금을 섬기지 않는다네. 자네가 무왕의 예를 들었으니 나는 백이와 숙제의 예를 들겠네. 백이와 숙제는 주군을 죽인 무왕을 따르는 것을 수치라 여겨 수양산에서 고사리를 먹고 살다가 절명했다네. 그들은 지금까지 청절지사(淸節之士)로 추앙받고 있지.

심지어 한낱 신하에 불과한 수양이 반역을 꾀해 전하를 폐위시킨 것을 어찌 정당하다 할까. 역적의 변명에 불과할 뿐이지. 찬탈왕을 제거하고 국가의 정통왕을 복위하지 못함이 수치요. 국가의 윤기강상(倫紀綱常)을 바로잡고 윤리광복(倫理光復)을 실천하지 못한 것이 천추의 한이로다. 『논어(論語)』「위령공」편에는 이렇게 적혀 있지. '뜻있는 선비와 어진 사람은 목숨을 구하려 인을 해치지 않고, 몸을 죽여서라도 인을 이룬다." 가서 자네의 주인에게 전하게. 유가의 몸으로서 두 임금을 섬기느니 차라리 죽겠다고."

"크흠". 취금헌의 확고한 의지에 희현당은 본인도 모르게 신음성을 내뱉었다. 그것도 잠시, 희현당은 다시 말하기 시작했다. "자네가 충이란 가치를 고집한다면 부모에게 두 가지 불효(不孝)를 범하게 되네. 첫째, 부모를 죽음에 이르게 하는 불효를 저지르게 되지. 아내, 네 명의 아우, 외아들 그리고 임신 중인 막내 아이까지 덤으로 참형을 당한다네. 자네의 '충'이 부모의 명줄을 끊는 셈이지. 둘째, 자네는 대를 잇지 못하는 불효를 저지르게 된다네. 『맹자(孟子)』「이루」 상편에서는 '대를 잇지 못하는 것을 가장 큰 불효'라 하지 않는가. 자네의 모든 가솔이 참형을 당하면 누가 대를 이을 것인가? 부디 유교의 가치 효(孝)를 생각해서라도 뜻을 거두게."

취금헌은 단호한 목소리로 반박에 나섰다. "희현당. 나에게 충과 효는 상충하지 않는다네. 『중용(中庸)』 19장에서는 "효란 부모의 큰 뜻과 교훈을 잘 계승하고, 그분들의 사업을 잘 발전시키는 것"이라고 하지. 아버지께서 어린 시절부터 가르친 충의 가치를 실천하겠다는데 도리어 내 상왕을 위해 죽는 것이 효도가 아니겠는가. 하물며 충효가 상충하더라도 충은 효에 우선하는 가치일세. 『맹자(孟子)』「고자장구상」편에 따르면 '삶과 의(義) 두 가지를 겸하지 못한다면 삶을 버리고 의(義)를 취할 것이다'라 하네. 아무리 현세의 것이 중하다 하더라도 인의에 벗어나서는 아니 된다는 말이지. 즉 의를 위해서는 현세의 것인 목숨·효·우애를 저버릴 수 있어야 한다네."

희현당은 그의 논리에 승복할 수밖에 없었다. 하지만 그는 여기서 포기하지 않았다.

"취금헌, 자네의 생각 잘 알겠네. 다만 자네가 전하의 제안을 받지 않는다면 집현전(集賢殿)을 철폐할 것이라 하셨다네. 자네가 고집을 꺾는다면 영문예무인성명효대왕(英文睿武仁聖明孝大王) 때부터 37년간 유지된 집현전이 명맥을 이어갈 수 있다 이 말이야. 대왕과 학자들이 쌓은 업적을 하루아침에 무너뜨릴 셈인가? 부디 학문의 발전과 백성의 안위를 생각해서라도 그 뜻 거두게."

취금헌은 도리어 희현당을 나무랐다. "자네 말대로 내가 귀의하지 않는다면 집현전은 사라지겠지. 그러나 그거 아나? 집현전이라는 형체는 사라지지만 집현전의 정신(精神)은 나를 비롯한 집현전 학자로 인해 후대에 전해질 것이라네. 집현전은 임금을 향한 충성과 백성을 향한 애정을 최고 가치로 삼는 조직 아닌가. 충을 지키는 것이야말로 세종대왕 폐하의 유지와 집현전의 정신을 지키는 것이야. 불충을 일삼는 자네야말로 우리의 정신을 훼손시키는 역신(逆臣) 아닌가!"

파르르. 주인의 마음을 아는지 희현당의 손은 정체 없이 흔들렸다. 역신이라는 말에 희현당은 분을 이기지 못했다. "그놈의 충! 충! 충! 자네를 비롯한 폐주 추종 세력은 절대로 충신으로 기록되지 않을 것이야. 사리사욕을 위해 폐주를 앞세워 임금을 시해하려고 한 역적은 간신으로 기억될 것이네. 성삼문은 오랫동안 한직에 있어 불만을 품었고, 김문기는 파직당하고 토지를 몰수당해 앙심을 가졌고, 하위지는 견책 받은 일을 원망하였고, 이개와 유성원은 벼슬이 낮아 현관을 얻으려 하였고, 자네 취금헌은 사위가 유배된 여파가 자신에게 미칠까 걱정하였기에 모의에 가담했다고 실록에 기록될 것이야. 아무도 기억하지 못하는 충신이 되는 것만큼 어리석은 일은 없다네!!!"

취금헌의 안광은 번뜩였다. 마지막 힘을 짜내는 듯했다. "희현당 신숙주! 자네도 인지하고 있지 않은가? 백성들은 나와 동지들이 신의를 지킨 것을 누구보다도 잘 알고 있다네. 입에서 입으로 전해지다 진실은 천하에 드러날 것이야. 언젠가 진실은 밝혀질 것인데 그리 조급할 필요가 있을까. 물론 진실이 드러나지 않는다 해도 상관없네! 후대의 기록(記錄)보다 지금의 신의(信義)가 중요하고, 후대의 찬양(讚揚)보다 지금의 충절(忠節)이 중요하기 때문이지. 자네도 평생 죄스러워 살지 말고, 지금이라도 늦지 않았으니 죽음으로 왕상께 사죄하게나!"

희현당의 눈동자는 파르르 흔들렸다. 문종대왕이 죽기 전 아들을 맡긴다고 한 유언이 떠오른 것일까. 아니면 취금헌을 설득하지 못해 들을 왕의 질책이 무서워서일까. 취금헌에게 인사조차 하지 않고 황급히 자리를 떠났다. 그리고 옥사 지푸라기 더미 위에, 하나의 육신이 쓰러졌다. 논쟁을 벌이는데 기력을 다 쓴 취금헌이었다. 그에게는 아무런 힘도 남아있지 않았다. 그의 몸은 거적때기와 같았지만, 정신은 또렷했다. 숨이 꺼져가는 와중에도 그는 폐주, 아니 하나뿐인 임금을 생각했다. "전하…지켜드리지 못해 죄송합니다…". 그렇게 취금헌 박팽년은 옥에서 파란만장한 생을 마감했다. 며칠 후 그의 동지들도 형장의 이슬로 사라졌다. 우리는 그들을 이렇게 부른다. 대충신(大忠臣) 사육신(死六臣).

나를 위해 울지 마라

최다함 1999

나를 위해 울지 마라
용상(龍牀)에는 버러지가 앉아있고
정통왕(正統王)은 짚더미에 묻혀 있으니
그 눈물이 아깝도다

나를 위해 울지 마라
왕궁이 간신(奸臣)들로 득실 하나
눈 뜨고 죽을 날만 기다리니
그 눈물이 아깝도다

나를 위해 울지 마라
멸문을 불사하고 역적(逆賊)의 심장을 겨눴으나
도려낸 건 조선(朝鮮)의 심장이니
그 눈물이 아깝도다

조선을 위해 울어라
충의정신(忠義精神) 지켜졌고
민족의 가슴 속에 영존(永存)하니
그 눈물이 값지도다

역류에 비친 거울

최병규 1957

노량진에 부는 바람은 칼을 품었다
가령 두 갈래의 바람은 선혈을 내포해서
접점에 이는 폭풍우에 충절의 별이 진다
의義는 발목에서부터 숨을 밀어 올리곤 한다
바람에 감춰진 서슬퍼런 살의가 드러날 때
알력은 달빛같은 순혈을 요구하기가 일쑤다
바른 사관은 절의의 토양에 부토로 쌓이고
그 빛은 환란을 감추어 거울에 잠겨 간다
도도한 강물에 역류를 꾀하던 난세에
정도의 거룩한 사생지심이 드리운 충의는
시대의 줄기를 거스르는 역류에 대한 항거라
육백년 더께로 찌든 오명을 벗겨내다 보면
질곡한 시대의 거울에 윤슬이 미소처럼 번진다
강변의 바람은 분노와 절개로 처연하고
학문의 비등점은 고도로 도도해서 그 성품이
고루한 목숨의 언저리보다 고고하다
노량진 언덕에 역류에 비친 거울을 걸어두면
불이문으로 들나들던 위국충절의 충신들의
보잘것없는 봉분들이 가없이 현란해 진다

영원히 사라져도 옳은 길을 가다

최서연 2006

물은 아래로 아래로 흐르고

옳음은 옳음을 옳다고 하네

물을 보고 위로 흐르라 하고

옳지 않은 것을 옳다고 하라 할 때

피와 목숨을 바쳐 옳음을 지켜내려는

사육신의 옳음 지킴이분님들

그 뜻 길게 뻗어

이순신 장군님, 김대건 신부님, 안중근 의사님, 유관순 열사분님들 나오셨네

가자가자 살아있는 우리들아

옳음을 옳음으로 가자

대충신 사육신

최슬기 1995

여름방학이 얼마 남지 않은 10살 때의 일이다. 선생님의 빈자리를 대신해 교탁에 섰던 나는 삐뚤거리는 글자로 떠든 사람을 적고 있었다. 반장이라 불리는 대장의 직위를 단채 말이다. 아이들은 침묵을 애써 지키며 서로 장난 어린 눈치를 주고받았고, 교실 어딘가에서 달콤한 냄새가 새어나오기 시작했다. 슬그머니 나오던 냄새는 금세 아이들의 콧구멍에도 들어갔다. 이름이 적히는 두려움보다 냄새의 정체를 알고 싶은 호기심이 강했던 아이들은 하나둘씩 입을 열고 떠들기 시작했다.

“이게 무슨 냄새지?”
“달달한 냄새가 나는데? 맞지?”
“이거 오렌지주스 아냐?”

칭찬받고 싶은 마음에 말하던 친구들의 이름을 모두 적던 나는 오렌지 주스라는 단어가 귀에 들어오자 멈칫했다. 아침에 엄마 몰래 주스를 물통에 담아왔는데, 혹시 내 것일까? 하는 불안함이 나를 덮쳐왔다. 재빨리 자리로 가보지만 이미 가방에서 한 방울, 한 방울 떨어져 주황빛 개울을 만들고 있는 악몽은 진행 중이었다. 달콤한 냄새의 범인이 나라고 시끄럽게 떠든 나는 젖은 교과서 뒤처리를 친구에게 맡긴 채 화장실로 향했다. 그마저도 친구들이 도와주겠다고 따라오자 당연한 것 마냥 떠맡기고 교실로 돌아왔다. 복도에서 교실까지의 거리는 얼마 되지 않지만 몇 방울씩 떨어진 오렌지 주스를 보며 저것도 다른 친구에게 부탁해야겠다는 생각을 했다. 그리고 교실 문을 열어 부탁할 친구를 찾는데, 칠판에 적힌 내 이름을 보게 되었다. 떠든 사람에 열심히 적었던 다른 친구들의 이름 밑에 적힌 내 이름 세 글자. 감히 내 구역에 침범해 내 이름을 적은 사람이 있다니 어린 마음에 화가 났다. 구석에 처박혀 있던 칠판지우개를 덥석 잡은 나는 내 이름을 지워버렸는데, 마음속 찝찝함은 지워지질 않았다. 그런데 그 순간 한 남자아이가 내게 말을 했다.

"너도 떠들었는데 왜 네 이름은 지워?"

남자아이의 질문이 내 귀에 들어오는 순간 반 친구들이 모두 나를 바라보았다. 나는 반장이니깐 괜찮다고 말해보려 했지만, 선생님의 말씀이 떠올랐다. 반장은 반을 대표하는 사람이니 모범의 대상이 되어야 한다는 따뜻하면서도 책임감을 주던 말이었다. 나는 결국 아무런 말도 하지 못하고 다시 내 손으로 내 이름을 적었다. 그날 오후, 벌청소를 하면서 교실은 깨끗해졌지만 내 마음은 점점 더러워졌다. 그 마음을 떨쳐내지 못한 나는 속상함을 일기장에 담았다. 그리고 다음 날 과제로 냈던 일기장을 다시 받았을 때 선생님의 답장이 적혀있었다.

'억울했겠지만, 원래 대장은 억울함도 받아들일 줄 알아야 친구들이 믿고 따라주는 거란다.'

그 당시에는 내 편일 줄 알았던 선생님의 배신처럼 느껴졌던 답장이었지만 커갈수록 그 참뜻을 알게 되었다. 그리고 이번 글을 쓰면서도 이 답장이 계속 떠올랐다. 만약 그때 내가 나의 이름을 다시 적지 않았다면, 반장이란 자리가 내게 또 왔을까? 아마 아니었을 것이다. 누군가의 믿음은 그만큼 귀중하고 얻기 어렵기 때문이다. 내 이름을 지웠다면 그것은 나를 믿고 따라주던 친구들의 마음에서도 내 이름을 지우는 행동이 됐을 것이다. 반대로 내가 친구들의 입장이었어도 자신의 불리함을 감추려하는 대장은 믿을 수가 없었을 것이다. 이처럼 믿음은 우직하다가도 매정함을 갖고 있다. 나 역시 믿음을 유지해야 하는 입장을 겪어봤고, 커갈수록 그 입장의 횟수가 잦아지기에 그 어려움을 잘 알고 있다. 자신의 이익 앞에서는 한없이 이기적인 리더에 상처도 받아봤고, 무책임함에 버려지는 기분도 느껴봤다. 무능함을 갖춘 리더에게는 답답함과 좌절감을 선물받기도 했다. 그럴 때마다 그들의 노력은 알지만, 나에겐 유익한 사람이 아니라는 이유로 나 역시 그들을 버려왔다. 그래서일까? 대충신이라 불리는 사육신들의 역사를 배울 때 임금도 신하도 대단하다는 생각을 했다. 믿음을 유지하게 하는 것도, 믿음을 끝까지 지키는 것도 모두 힘든 일이기 때문이다. 더군다나 자신의 목숨까지 담보로 믿음을 내보이는 일은 현대에선 더더욱 힘들 것이다. 그래서 사육신을 생각하며 '반장'을 떠올린 것은 '반장 제도'가 이런 삶의 교훈을 조금이나마 주지 않아서일까 생각한다. 내가 믿고 뽑았던 반장을 끝까지 믿었는지, 아니면 생각했던 것과 달라 바로 다른 반장을 뽑았는지. 반장이었다면 친구들의 믿음을 유지했었는지 느끼게 해준다. 하지만 이마저도 요즘은 단순한 스펙 쌓기 용으로 사용돼서 하는 사람도, 그들을 뽑는 사람도 자신들의 행동에 책임감이 사라지고 있다. 참으로 안타까울 뿐이다. 충절할 대상이 없다는 것은 모범으로 삼을 대상이 없다는 것, 자신의 마음을 지킬 대상이 없다는 뜻으로 이어지기 때문이다.
나 역시 성인이 된 후에는 앞서 말했듯, 믿음을 갖기보다 버리는 일이 익숙해졌기에 사육신의 그림자라도 따라갈 수 있을까? 그런 절개를 간직하며 살았던 적이 있을까?

꽤 오랜 시간 고민하게 됐다. 끝에 답이라도 있으면 좋았겠지만, 아무리 생각해도 대상이 부재한 기억뿐이다. 믿음을 주려고 노력했던 일은 이렇게 금방 자랑스럽게 떠올랐지만, 누구를 믿으려고 노력했던 일은 쉽게 떠올려지지가 않았다. 이렇듯 지금 우리는 충신의 대상을 찾기 어려운 시대를 살아가고 있기 때문에 믿음에 최선을 다했던 사람들을 더욱 기억해야 한다고 생각한다. 그들을 기억하고 배움으로써 이런 마음가짐이 자신을 더욱 단단하게 한다는 것을 깨닫게 될 것이다. 그리고 꼭 그 대상이 사람이 아니라 자신이 되어도 좋고, 삶의 목표, 가치관이 되어도 좋다. 시대가 변해 충신의 대상이 사라졌다면, 그 대상을 새롭게 정하는 것도 우리의 몫이니 말이다. 그렇게 변화한 것은 변화한대로 사육신들의 마음만을 지켜낸다면, 우리는 언제나 당당하게 삶을 대할 수 있는 사람이 될 수 있을 것이다. 그러면 지금은 떠오르지 않았던 믿음에 충성을 다했던 기억이 언젠가는 다른 형태로 깊게 자리 잡을 수 있지 않을까 기대해본다.

여섯 명의 신하를 만나다

최영순 1977

달성에 가서
배롱나무꽃길을 지나
사육신 기념관을 갔다.

부릅뜬 눈 여섯 명의 신하
불에 달군 쇠막대가 두렵지 않다,

공터에 앉아 댓돌을 보니
박팽년의 꾸짖음이 들리는 듯 했다
왜란도 겪어내고 남았나
태고정 정자야

살아생전 보필 다 못해
죽어서 치욕을 겪고

못 다 이룬 부탁으로
400여 년 동안 모여 살아 온 곳
묘골마을

한의 기품
노비가 된 정순왕후
울면서 영도교에서 이별하는 슬픔을 아네

일편단심(一片丹心)

최우윤 2003

잔 들고 그윽하게 먼 곳을 바라보니
먼 곳에 계실 임 얼굴 생각나네
임 향한 일편단심이 가실 줄이 있으랴

오늘이 지나가고 내일이 다가와도
그리운 임 생각은 영영 변치 않네
임께선 잘 계신지 그것이 걱정이네

비가 오고 눈이 와도 거센 태풍 불어도
임 향한 굳은 마음 영영 변치 않으리
임 향한 내 마음은 늘 일편단심이네

『성삼문』을 읽고

최윤슬 2012

안녕하세요. 저는 한국의 역사를 사랑하는 최윤슬입니다. 저는 원래 '성삼문' 이라는 위인을 알고는 있었지만 이 글짓기를 통해 더 잘 알게 되었습니다. 그리고 우리 어머니의 성이 '성' 인데 우리 어머니의 아주 먼 할아버지가 성삼문이라고 합니다. 우리 어머니와 연관된 분이어서 더욱 기억에 남았습니다.
그럼 이제 성삼문의 역사를 시작하겠습니다. 어떤 집에서 아버지는 하늘에서 이상한 소리를 들었다고 말했습니다. 그때 아내가 달려와 이렇게 말했어요.
"아들이 태어났어요."
그러자 아버지도 말했어요.
"음, 하늘이 3번 이상한 소리를 내어 물었으니 이름을 삼문으로 지읍시다."
여기서 만약 저라면 하늘이 이상한 소리를 낸 게 신기해서 아기의 이름을 '특별이' 라고 지을 것 같습니다.
삼문이가 아이가 되었을 때 어머니와 아버지는 삼문이를 훌륭한 인재로 키우고 싶었어요. 그래서 아버지는 삼문이를 서당에 다니게 했어요. 서당을 다니게 된 삼문이는 공부를 잘해서 친구들에게 인기 만점이었어요. 저도 지금 공부는 보통이지만 나중에는 공부를 잘해서 인기 만점이 되고 싶습니다. 이렇게 공부를 잘하던 삼문이는 21세에 장원급제를 해서 벼슬길에 올라서게 됩니다. 저도 열심히 공부하고 노력해서 저의 장래희망인 멋진 외교관이 되고 싶습니다. 이렇게 세종대왕 옆에서 일하게 된 삼문이는 훈민정음 창제 등 많은 것을 도와주었습니다. 특히 성삼문은 명나라를 드나들며 세종대왕의 눈이 반짝거려서 많은 관심이 갈 정도로 한글 연구에 힘썼다고 합니다. 저도 이렇게 새로운 연구를 하거나 공부를 할 때 열심히 하여 다른 사람의 눈이 반짝거려서 저에게 관심이 가도록 힘써야겠습니다. 그런 세종은 하나의 걱정이 있었는데… 바로 세자 걱정이었습니다. 세종은 이렇게 말했어요.
"지금 세자가 몸이 약해 대신들이 잘 돌봐주면 좋겠소."

그 당시 세자가 바로 제 5대 왕 문종입니다. 이렇게 가족을 생각하는 세종의 마음을 본받아야겠습니다. 그런 몸 약한 문종은 2년 만에 돌아가시고… 세자인 단종이 즉위를 하게 됩니다. 하지만 나이가 너무 어린 단종은 힘이 없었고 수양대군은 단종을 몰아낼 계획을 세웠습니다. 만약 단종이 저라면 나이가 어리더라도 백성들을 위해 정치를 잘 하였을 것 같습니다. 이러한 계획을 세운 수양대군은 김종서, 황보인을 없앨 계획을 세웁니다.
그리고 신하들은 말했습니다.
"수양대군께 왕 자리를 내어 주시지요."
단종은 슬프게 말했어요.
"네, 알겠소이다."
이 상황을 가만히 볼 수 없었던 성삼문, 과연 어떻게 했을까요?
그리고 나서 사육신들은 며칠 후 명나라에서 사신이 온다고 하는 말을 들었어요. 그때 태평관에서 연회가 벌어진다고 하였어요. 사육신은 연회가 열리는 곳에서 세조를 제거하려고 했던 것입니다. 다음날 연회가 열릴 때 세조가 명나라 사신을 만나려고 연회장에 가려 하는데 갑자기 대신들이 달려와서 말했습니다.
"예감이 좋지 않습니다. 몇몇 신하들이 암살을 하려고 합니다."
이런 말들이 세조에게도 전해져 왔고, 한명회의 귓속에도 들어오게 되었습니다.
그러고서는 칼을 쥔 사람에게는 참석이 불가능하다고 했지요. 그래서 결구 유리조각이 깨지듯 작전은 산산조각이 되었습니다.
그걸 본 신하는 재빨리 궁으로 들어가 세조에게 알렸습니다. 그걸 듣고 분노한 세조는 당장 그들을 잡으라고 명령을 했습니다. 그러니 사육신들의 집은 난리가 되었습니다.
성삼문, 박팽년 등 사육신들은 잡혀서 고문을 당했습니다. 특히 성삼문은 세조를 끝까지 '나으리'라고 부르며 빨리 날 죽이라고 했지요. 세조가 자기의 몸을 정말로 아프게 만들고 고문을 해도 끝까지 세조를 섬기지 않고 단종을 모시기를 원했던 성삼문을 본받아야겠습니다.
성삼문, 박팽년, 하위지, 이개, 유응부, 유성원. 이 사람들은 끝까지 단종을 모시며 살길 원했어요. 이후 세조는 사육신을 죽인 것을 크게 반성하였어요. 나중에 세조가 정치를 잘 한 것도 사육신들을 살해한 것을 반성하기 위한 것이라고 해요. 저는 세조처럼 후회를 하지 않도록 신중하고 올바르게 행동해야겠어요.

저도 성삼문과 사육신처럼 올바르고 당당하게 자신의 뜻을 굽히지 않고 훌륭한 외교관이 되고 싶습니다. 그러기 위해서는 부모님께 효도하고, 더욱더 공부를 열심히 해야겠습니다.

사육신과 라이온 킹 - 538년의 시간을 넘어

최준혁 2005

현재 우리나라 사람들은 충과 효를 매우 중시하며 살아가고 있다. 이는 조선 시대의 유교적 사상과 관습의 영향이 크다. 또 어떤 사람은 '충은 효에서 비롯된다'면서, 효를 가장 기본적인 가치로 보기도 한다. 어쨌든, '충'과 '효' 두 글자는 우리 사회에 지대한 영향을 주는 것이 사실이다. 명절 때 제사를 지낼 때도, 교과서 속에서도 항상 살아 있는 가치이다. 동시에 우리가 인간답게 살아갈 수 있도록 도와주는 훌륭한 이정표이기도 하다. 그런데 우리 역사 속에서 '충'과 '효'를 몸소 실천하고 지킨 인물들은 누가 있었는가? 많은 사람들이 있겠지만, 그중에서도 '사육신'이라고 불리는 사람들을 열 손가락 안에 꼽을 수 있을 것이다.

현재 우리나라에서는 사육신이 너무나 유명하다. '충'의 대명사, 끝까지 단종을 버리지 않은 의로운 사람들. 여러 가지 수식어가 붙을 수 있겠다. 하지만 나는 이들을 보면서 조금은 색다른 생각을 하였다. 얼마 전에 보았던 '대충신' 사육신의 이야기와 아주 흡사한 만화영화, '라이온 킹' 이 생각났다.

'라이온 킹'의 간략한 줄거리는 이렇다. 동물의 왕 무파사의 아들 심바는 프라이드 랜드에서 태어났다. 하지만 어릴 적 아버지를 잃은 뒤 자기가 아버지를 죽였다고 자책한다.(하지만 이후 스카가 무파사 왕을 죽였음이 드러난다.) 이를 이용해 스카는 심바의 것이어야 할 프라이드 랜드의 왕 자리를 빼앗고, 심바는 프라이드 랜드를 떠난다. 하지만 티몬과 품바라는, 새로 만난 친구들의 도움을 받아 다시 마음을 추스르고 스카와 일대 격전을 벌여 다시 프라이드 랜드의 왕 자리를 되찾는다.

우리의 역사에서 세조는 단종을 왕위에서 끌어내리고 자신이 왕위에 오른다. 이 장면은 스카가 어린 심바를 내쫓고 왕위에 오른 장면과 비슷하다. 게다가 스카가 심바의 든든한 아버지였던 무파사를 죽인 것과 같이, 우리의 역사에서도 세조는 단종의 든든한 후견인이었던 김종서와 황보인을 제거하였다. 여기까지는 영화와 현실이 거의 차이가 없어 보인다.

이제부터는 사육신과 '라이온 킹'의 차이를 비교해 보고자 한다. 처음에는 작은 차이였지만, 이 차이 때문에 두 이야기의 결말이 크게 달라졌다고 나는 확신한다.

먼저 우리 역사에서 사육신은 쫓겨난 단종을 돕기 위해서 '단종 복위운동'을 계획한다. 그들은 별운검으로 서게 된 것을 기회로 세조와 그 일파를 처치한다는 데에 그 뜻을 모았다. 하지만 그날 세조가 어명으로 별운검을 두지 않았고, 이에 우왕좌왕하는 사이 김질은 그의 장인 정창손에게 단종 복위운동에 대한 사실들을 밀고하였고, 이것이 결국 세조의 귓속에 들어가게 된다.

하지만 '라이온 킹'을 본다면, 삼촌 스카에게 쫓겨난 심바는 친구 티몬과 품바를 만난다. 그들은 심바에게 '하쿠나 마타타'를 알려주었다. 어두운 과거와 걱정은 접어 두고 미래로 나아가자는 것이 이 노래의 골자인데, 이는 심바가 마음속 걱정을 어느 정도 해결하고 더욱 성숙한 사자가 될 수 있도록 하는 데 도움이 되었다. 뿐만 아니라, 품바와 티몬은 심바를 데리고 정글의 이곳저곳을 다니면서 벌레도 먹어보게 하고, 다양한 경험을 쌓게 하여 심바가 신체적· 정신적인 안정을 찾을 수 있도록 해 주었다. 게다가 다양한 이야기도 나눔으로써 그들은 진정한 친구가 되었다.

이것이 바로 사육신과 '라이온 킹'의 결정적 차이이다. 내 생각에는 만약 사육신이 진정으로 단종을 위했고, 단종을 복위하고 싶었으면 무력을 이용하여 세조를 처치하려 드는 것이 아니라, 사직서를 제출하고 조용히 시골로 낙향하여 단종의 곁에서 단종이 신체적·정신적으로 충분히 성숙할 수 있도록 도와주었어야 한다고 생각한다. 자신의 곁에 있어야 할 든든한 지지기반인 가족들이 모두 세상을 떠나 없는 상태에서 궁중에 혼자 남아 있어야 했던 사춘기의 단종은 굉장히 외로웠을 것이다. 사육신은 이런 단종이 어떻게든 마음의 안정을 찾을 수 있도록 도와주고, 스스로 무언가 할 수 있도록 성숙해질 때까지 때를 기다려주었어야 한다고 생각한다. 하지만 슬프게도 사육신들은 그러지 못했고, 단종은 새로운 일을 적극적으로 계획해 나갈 힘이 없었다.

또 '라이온 킹'과 사육신의 결정적 차이가 있다. 바로 주인공의 적극적 노력과 행동이다. '라이온 킹'에서 품바와 티몬은 어디까지나 주인공 심바를 도와주고 지지해 주는 역할이었다. 그가 다시 '프라이드 랜드'로 돌아가 안정된 삶을 살 수 있도록 옆에서 조금씩 첨언을 해주는 역할이었다. 실질적으로 모든 결정과 행동은 심바가 내릴 수 있었다.

하지만 단종 복위운동에서는 숙부인 세조의 감시를 받고 있던 단종이 쉽사리 움직일 수 없었다. 성삼문 등에게 장검을 내린 것 외에는 거의 아무것도 할 수가 없었다. 단종에게는 사육신들만이 유일한 지지기반이었겠지만, 당시 권력이 거의 없었던 사육신들에게도 단종이 유일한 지지기반이었다. 하지만 '지지기반'의 강한 행동과 추진력이 있었는지에 따라 그 결과는 너무도 극명하게 갈라져 버렸다.

하지만 '라이온 킹'과 사육신의 확실한 공통점도 있다. 바로 품바와 티몬은 심바를 너무나 사랑하고 아꼈고, 사육신도 단종을 너무나 아꼈다는 것이었다. 단지 그 방법이 성공과 실패를 가져왔던 것이다.

결국 이야기의 끝은 어떻게 되는가. 우리의 역사에서 단종은 결국 세조에 의해 죽임을 당하고, 사육신도 잔혹한 고문 끝에 모두 죽임을 당한다. 사육신의 가문은 모두 화를 입었다. 세조는 왕이 된 뒤에 민생을 안정시키고 경국대전의 편찬을 시작하는 등 여러 업적을 남겼지만, 말년에 지병을 많이 앓았고, 자신이 죽였던, 혹은 자신의 인생 속 격랑에 함께한 사람들이 자신의 꿈에 나오는 등 악몽을 많이 꾸어서 고생을 하게 된다.

심바는 다시 한 번 삼촌 스카와 당당한 싸움을 통해 진정한 사자의 왕이 되어 '프라이드 랜드'를 풍요로운 땅으로 되돌리는 데에 성공했다. 한편 삼촌 스카는 자신이 배신한 하이에나들에 의해 죽었다.

1456년, 지금으로부터 564년 전에 일어났던 세조의 왕위찬탈 사건과 놀랍도록 흡사한 '라이온 킹' 이야기를 비교해 보았다. 비록 사육신들의 한계도 있었지만, 단종을 끝까지 지키고 복위운동을 통해 '불사이군'의 정신을 지키려 했던 꼿꼿한 대나무 같은 그들의 정신만은 잊지 말아야 할 것이다.

비 온 뒤

최지아 2010

수평선 저 너머에 있을까

아직도 살아 있는 사육신의 정신

오늘도 무한의 계단을

비로 내려 와

우리에게 사랑의 마음을 전한다

비 온 뒤

붉은 빛깔

여섯 개의 색깔로 더 받들며

무지개로 떠오르는

죽어도 죽지 않는 그 정신

살아서도, 죽어서도 승리한 사육신

허은규 1982

왕이라는 단어에는 존엄과 현귀가 묻어 있다. 유일성과 위압감이 있고 아득한 신비가 어린다. 근대 이전에는 전 세계에 걸쳐서 왕께서 나라를 통치하는 왕정이 발견된다. 왜 과거시대엔 왕이 백성 위에서 민생을 쥐락펴락 통치하는 체제가 보편화될 수밖에 없었는지, 합리와 인권에 길들여진 오늘의 관점에선 온전히 이해하기 어려운 지점이 있다. 단지 동시다발적으로 출현한 세습 왕정을 목도하며 역사 발전 과정에서의 필연이었음을 깨닫는다. 후인들이 모를 당위와 그래야만 하는 숙명이 그 사회 속에 있었다는 뜻이리라.

왕이 나라를 다스리기 위해선 수족 같은 관료 집단과 왕명을 받드는 군사집단, 세금으로 충당하는 통치자금을 필요로 했다. 그보다도 더 중요한 건 조정의 근간이 되는 백성이었다. 백성이 없으면 왕도 없다. 민초들로부터 인정받고 추대되어야만 진정한 왕이었고 그렇기 위해서 필요한 것이 정당성이었다. 이른바 정통성이고 명분이다.

백성들 중 상당수는 왕좌가 신령한 하늘로부터 점지된 용상임을 믿었다. 설령 이를 믿지 않는 백성들도 왕의 필요성과 충(忠)의 절대적 가치에는 공감했다. 국토가 매양 권신과 야심가의 각축장이 되거나 각종 전란과 반역이 수시로 창궐하는 사태만은 막아야 했다. 그렇기 위해서 한번 택한 임금에게 무조건적으로 충성했다. '악법도 법이다'는 격언처럼 법적 안정을 위해서 다소 부족한 왕에게라도 불사이군(不事二君), 충즉진명(忠則盡命)의 단심을 다했고 그 덕에 사회는 태평과 영속을 보장받았다.

적장자 상속은 왕권 계승의 법통이었고 이를 통해 정통성은 부여된다. 세조의 즉위는 자격 없는 자가 군왕의 자리를 찬탈한 경우이다. 문종의 장자이자 세종의 왕세손인 단종에게 정통성이 있음은 주지의 사실이다. 관료사회의 승인과 백성의 인정까지 확보한 마당이므로 수양대군으로선 반역이라는 참람한 방법 외엔 왕이 될 길이 없다. 이른바 계유정난의 참상이었다. 세조의 즉위는 왕정이라는 체제의 근간을 제 손으로 전복하면서 등극한 것이므로, 왕을 향한 백성들의 복종을 강요할 근거를 사라지게 만든 '자기 모순적 즉위'였다. 김종서, 황보인, 이양, 조극관, 정분, 허후, 민신, 정효전을 위시한 수많은 이들까지, 계유정난 때에 참살된 공신의 이름을 읽다보면 울울한 공기가 스미며 가슴이 묵직해진다. 권력의 비정함과 수양의 잔인함을 아울러 목도한다.

계유정난으로 영의정에 오른 수양대군은 섭정을 시작하고 이때까지만 해도 아직 왕위를 찬탈한 것은 아니었다. 선비들은 비록 대군의 폭거에 참담함을 품을지언정 수양의 명을 단종의 뜻으로 여기고 복종했다. 그러나 1455년, 계유정난의 2년 후 왕위마저 찬탈하고 마니 비로소 성삼문, 박팽년, 이개, 유성원, 김문기, 하위지, 유응부를 비롯한 뜻있는 선비들은 수양을 죽이고 단종을 복위시키기로 마음먹는다. 거사일은 세조 2년, 명나라 사신을 맞아 벌이는 창덕궁의 연회 때였다.

수양대군이 계유정난을 앞두고 김종서의 집을 엿보는 장면과 성삼문과 유응부가 거사의 시기를 가늠하는 장면은 묘하게 비슷하다. 둘 다 건곤일척의 사거(事擧)였기 때문이다. 단지 전자는 찬탈을 위한 긴장이었고 후자는 역사를 바로 세우기 위한 봉사였다는 본질의 차이가 있다. 별운검으로 시립했다가 세조를 베려했던 계획이 미뤄지고 변절자 김질의 밀고로 사육신과 의로운 선비들이 모조리 결박되고 만다. 결국 세조에게 모진 친국을 받는다.

세조는 국문 시에 가혹한 고문을 가하면서도 내심 재능 있고 명망 높은 학자들이 자신 앞에 고개 숙이며 군왕으로서 인정해주길 기대했을 것이다. 만약 세조에게 충성을 다짐했다면 죄가 가벼워질지 모르고, 그리되었다면 일신의 참형이나 멸문지화를 피할 여지도 생긴다. 당시의 조정 신하들에게는 세조의 발아래로 적당히 타협하며 입조할 근거가 있었는지 모른다. 세조 역시 소헌왕후의 이남으로 세종의 적손이므로 '큰 틀에서의 왕가의 유지'라고 간주하면서 스스로를 설득할 수 있다. 세조의 왕권이 꽤나 강력했던 것을 보면 당시 관료와 백성에게 '세조 역시 세종대왕의 아들이다'는 두루뭉술한 굴복이 존재했음을 짐작한다.

그러나 사육신의 엄정한 기준과 윤리는 속인들과 사뭇 달랐다. 그들에게 수양은 어디까지나 종법제에 반하는 반역자요, 찬탈자요, 체제의 파괴자였다. 세조를 좌시하면 앞으로의 왕조에 제 이의 수양, 제 삼의 수양이 등장할 판이다. 게다가 이미 충성을 맹세한 군왕이며 만백성의 어버이가 된 데다 과오도 없는 단종을 겁박하니, 사육신의 입장에서는 만고의 패륜이었다. 무엇보다도 성삼문을 위시한 사육신에게는 생전에 선왕께서 남긴 당부가 지극하였다. 여항의 사내끼리도 약속을 맺으면 지켜야 하거늘 맹서의 상대가 군왕이라면 더 말할 것이 무엇이랴. 사육신은 결연히 죽음 쪽을 택했다. 달아 오른 인두가 배를 지지고 쇠꼬챙이가 살갗을 통과한다. 이 대목에서 숨이 잠깐 멎는다. 새벽의 나신 위에다 찬물을 끼얹은 듯 정신이 깨인다. 자신의 목숨을 내놓는 것도 그렇거니와 무엇보다 연좌의 무게가 가슴을 짓누른다. 삼족을 멸한다니, 공포정치의 극단이고 이 무자비한 칼날 앞에 대항하는 것은 인간으로서 불가능해 보인다. 사육신은 범인으로서 짐작하기 힘든 결단을 한다. 심정을 헤아려보는 것만으로 눈앞이 아찔하다. 충신의 마지막을 읽다보면 거열의 형 앞에서는 무참함을 발견하고, 훈구의 공신들이 죽은 이의 처자식을 분배받는 장면에서는 극형보다 더한 모욕을 느낀다.

이미 많은 현대인들은 융통과 편리, 적응의 덕목에 길들여졌다. 초중고와 대학을 거치는 동안 '사람은 융통성이 있어야 한다', '물이 너무 깨끗하면 고기가 살지 않는다', '왜 그리 꽉 막히고 유연하지 못 하냐'는 등 참고, 타협하고, 고개 돌리는 법을 익힌다. 처세의 덕목이라고들 한다. 또한 포스트모더니즘의 시대 하에서 '하나의 법칙은 없고 모든 것이 다의적이고 저마다 타당성이 있다'고 교육받는다. 그야말로 '이런들 어떠하며 저런들 어떠하리'이다.

무엇보다 현대의 가장 큰 병폐는 '승자독식의 문화'다. 비정한 승리자가 모든 것을 차지한다는 관념이 뭇사람의 정신을 지배한다. 어떤 방식을 택하든 이기기만 하면 큰 보상을 얻는단 믿음이 사회 곳곳에 뿌리내렸고 이것은 온갖 탈법과 폐단을 빚었다. 이합집산과 감탄고토의 세태를 낳았다. 조조 형의 인물이 각광받고 임기응변과 기민함, 욕심과 쾌락을 높이 평가하는 경향이 팽배한 오늘이다.

어둠이 깊을수록 빛은 상대적으로 환해진다. 사회가 세속과 편리, 이익에 물들수록 도리어 이채로운 빛을 발하는 인간 보편의 미학이 있다. 남을 위해, 도덕을 위해, 후세를 위해 스스로를 버리는 이들이다. 사람은 결핍된 것을 추구하므로 사회가 타협하고 휘어질수록 반대급부로 꼿꼿하고 대쪽 같은 위인을 높이고 추앙한다. 온 시대를 아울러도 발견하기 힘든 사육신의 절개는 그 때문에 존엄하다. 역사책을 넘기다 충신들이 관직과 부귀와 목숨을 초개같이 버리는 장면을 대하면, 몇 그루의 굵은 소나무가 그 장에서 곧게 자라나 방안 가득 푸른 잎을 틔운다.

결국 사육신은 수양대군에게 승리했다. 사육신의 절의가 이겼다는 것은 꼭 세조 말년에 그의 일신이 비참했다거나 그의 장, 차남이 요절하는 등의 세조 개인의 비극을 일컫는 것이 아니다. 사육신이 죽음을 택할 당시, 세조는 그 충성의 방향이 자신이 아니기에 잔학하게 탄압했지만 사육신의 충과 얼을 공경하며 두려워했음이 틀림없다. 세조가 그들을 이길 방법은 모진 형벌뿐이었다. 힘으로써 포학하게 그들을 탄압하고 죽일 때 세조는 이미 그들 정신의 숭고함에 질리고 패배했던 것이다.

세조의 후손인 중종 때에 이르러 사육신의 충절을 논하고, 숙종 대에는 사육신을 충신으로 인정하고 복권시키며 묘소에 제사지낸다. 정조대왕 대에는 '어정배식록'을 편정하여 단종을 위해 죽은 이들을 기린다. 사육신의 매서운 충성과 절의는 조선 선비들이 흠향하는 지표이자 사의(事宜)가 된다. 조선을 떠받치는 이념의 무게추가 사육신 쪽에 있다고 인정한 것이다.
모두 세조 후손들의 손에서 시행된 일이다. 비록 비참하게 죽었어도 사육신은 현현한 얼로 남아 후세의 마음을 감동시켰고 오늘날에도 민족이 본받을 절개와 기상으로 높여진다. 반면에 누가 세조의 권력욕을 추앙하고 존숭하는가.

사육신의 목소리

홍성준 2005

물소리 새소리 떠난 억장의 빈 들에도 비는 내립니다
온몸이 불에 타 어깨가 허물어진 나무에도 눈은 내립니다
체머리 흔들흔들 바랭이 풀 눕지 못한 날에도 천둥은 칩니다

사육신 피 울음이 삼천리 강산에 피고 지고 또 피고 집니다
보리밭을 향해 흐르던 실개천도 서러워 울고
작은 솔씨로 산골짜기에 자라 난 낙락장송 세찬 바람에 휘청입니다

사육신이 역사의 화석으로 남긴 충효의 꽃자리
이제 꽃눈을 활짝 터트려 다시 피어납니다
가을걷이 끝난 너른 벌판 해를 쫓아 날아가는
종달새의 피 울음을 잊지 않겠습니다

영원(永遠)한 충절을 택하다!

홍원주 1950

노량진을 지나다보면 사육신을 기리는 공원이 있다.
남쪽으로는 도로가 있고 주택과상가가 밀집해있다. 북쪽으로는 한강이 유유히 흐르고 있다. 몇 백 년 전 사육신은 거열형과 육시형으로 처참하게 숨을 거두셨으나 사후 영혼은 영원한 충절로 추앙을 받고 있다.
노량진을 지날 때나 영월을 지날때는 어김 없이 사육신의 충절에 고개가 숙여진다.
추석이나 설날에는 꼭 대하는 음식이 있다. 숙주나물이 그것이다.
줏대도 없이 흐물거리는 숙주나물은 평일에는 잘 먹지 않지만 명절에는 그래도 빠지지 않는 나물이다.
신숙주는 성삼문과 죽마고우로 수년간을 동문수학을 하였다. 실력도 출중하여 장래 조선을 이끌 재목으로 주목을 받았다.
수양대군은 정변을 일으켜 김종서 황보인을 비롯한 정적들을 제거하고 마침내 왕위를 찬탈한다.조카인 단종을 영월로 유배를 시킨다.
사육신을 비롯하여 뜻있는 신하들이 단종의 복위를 논의 하였다.
호사다마라 하였다. 김질이 한명회에게 고발을 하였다.
단종 복위를 논했던 신하들이 모두 추포가 되고 친국이 시작 되었다.
신숙주의 부인은 남편이 성삼문과 함께 처형 되는줄 알고 있었다.
남편이 아무일 없다는 듯 귀가를 하자 부인은 대들보에 목을매 자결을 하였다.
김질과 신숙주는 벼슬이 날로 높아졌다.
충의를 배신하고 친구를 배신하고 부귀 영화를 택한 신숙주는 생전에는 승승장구 했다.
사후에는 숙주나물이라는 오명을 쓰고 지금까지도 불리우고 있다.
나는 사육신 전을 읽으면서 전혀 속도감을 낼수가 없음을 느낀다.
어떤 구절을 읽다가는 분노에 떨고 어느 구절을 읽다가는 가슴이 아파 잠시 독서를 멈춘다. 그리고 나라면 과연 어떤 길을 택할까 생각해본다.
신숙주나 김질이 택한 길은 잠시 이생의 부귀영화이며 사육신이 택한 길은 영원한 충절의 길이다. 비록 처참하게 죽임을 당할망정 두 임금을 섬길수 없다는 기개인 것이다.
시뻘겋게 달구어진 인두에 살점이 타들어가도 끝까지 나리라 칭하였다.
고문하던 관리가 어찌 녹봉을 받은 자가 반역을 꾀하냐묻자 성삼문은 거침없이 말하였다. 우리집 창고에 그대로 쌓아 놓았다고 하였다. 살가죽이 벗기어지는 극형 앞에서도 뜻을 굽히지 않는 모습을 보고 고문하던 관리들도 혼이 나갈 정도라고 하였다. 삼국지나 여타 대작들을 읽노라면 다소 흥미는 있지만 교훈은 별로 없는 것이 사실이다.
그렇지만 사육신은 우리나라 역사이며 교훈이 될 만한 가치있는 슬프고도 처연한 역사의 기록이다. 작금의 고위 관리들이 사유신과 같은 기개와 국가관이 있다면 얼마나 좋을까 생각해본다.
호랑이는 가죽을 남기고 사람은 명예를 남긴다고 흔히들 말한다.
그만큼 명예가 소중하다고 강조하는 것이지만 선택의 기로에 서면 많은 망설임이 깃든다는 말도 된다.
사육신이 세월이 아무리 흘러도 충절의 표상이 되는 것은 이조시대의 반역죄의형벌이 너무나 가혹했기 때문이다.
반역 당사자는 물론이요. 삼족까지 멸문지화를 당하였으니 말이다.
남아는 삼족까지 처참한 죽임을 당했고 여아나 여인은 끌려가 노비가 되었다.
치욕을 견디고 사느니 자결을 하여 생을 마감한 부인들이 있었다.
이것뿐이 아니라 연좌제까지 있어 반역의 후손들은 오래도록 급제 시험도 응시 할 수가 없었다.
국법이 이렇게 지엄하니 어느 누가 감히 반역을 꿈 꿀수가 있겠는가?! ...
사육신의 거사는 다른 반역 사건과는 확연한 차이가 있었다. 역성혁명이 아니었다. 역성혁명이란 왕의 성(姓)과 다른 사람을 내세우고 완전 다른 나라를 세우려고 일으킨 반란이다. 왕씨 고려 왕조를 멸망시키고 이성계가 조선을 세우는 경우를 말하는 것이다. 그렇지만 시육신은 수양대군에 의해서 왕위를 빼앗기고 억울하게 영월로 귀양간 단종을 복위시키기 위한 충신들의 궐기인 셈이다.
역성혁명은 실패하면 무조건 친국도 없이 형에 처했다.
찔리는 것이 많은 세조인지라 회유도 많았다.
거사를 반성하고 자기편에 합세하면 죄를 묻지않고 계속해서 관직을 유지시킨다고 하였다. 사육신중 누구 한 사람 비굴한 모습을 보이지 않고 당당하게 처신을 하였다.
형장으로 이송하는 날 백성들은 충신들의 마지막 가는 길에 모두 고개를 숙였다. 듣고 보지못했던 거열형이 처해질 때 형틀을 끌던 소도 울었다. 육시를 행하던 포졸도 울고 말도 울었다.
높은 소슬대 위에 걸린 충신들의 두상 위로 까마귀들도 울었다.
백성들은 관원들이 무서워 접근도 못하였다.
생육신이 된 김시습이 충신들의 시신을 노량진에 고히 모셨다.
세월이 가면 역사의 기록도 변하는 법이다. 당시는 사육신이 반역도로 사기에 실렸다. 세조의 뒤를 이은 왕들이 바뀌고 사육신은 충신으로 기록이 바뀌었다. 당연한 일이다.
사육신이 언제 역성혁명을 꿈꾸었는가?억울하게 숙부에게 왕좌를 빼앗기고 귀양가 있는 어린 소년 왕을 복원 시키고저 거사를 논하였던 것이다.
비록 간신들의 밀고로 뜻을 이루지는 못했지만 두임금을 섬기지 않는다는 신하의 굳은 절개를 만방에 보이고 목숨을 초개같이 버린 것이다.
동서 고금을 통하여 이처럼 신하의 도리와 충절을 보여준 일은 결코 찾아볼수 없다고 여기며 글을 맺는다.
영원한 충절을 택한 사육신 신위에 재배를 올린다.

사육신, 충절의 푸른 깃발

황규석 1970

시월 월요일 어느 날
낮게 떠도는 먹구름 한 무리
한강 노량진 사육신묘에 위에 다다랐다.
기나긴 장마가 끝나고 가을 햇살이 반짝했지만
누군가 먹구름을 힘주어 잡아당겼는지
와당탕 쏴아아아
오동나무 고목이 흔들린다.
이윽고 거센 소나기 한바탕 흩뿌렸다.
다시 비린 풀내음 번지고
서늘한 바람이 불었다.

아무도 모르게 스러져가는 시간
힘차게 휘날리던 깃발은 숨이 죽고 빛이 바랜다.
하지만 결코 울지 않고 더 힘차게 펄럭인다
그 충절과 기개가 잊혀 진다는 서글픔에 대한 흐느낌일까
아니다 그런 나약함이 결코 아니다.
억겁의 세월도 이겨내려고
더 단단해지고자 하는 마음의 단속이리라

모든 게 사라지고 잊혀 진다.

생명의 피로 지켜낸 의연하고 도도한 기개.

욕망이 모든 걸 삼키고 비껴지나가는 찰나

구름이 지나가고 비는 뚝 하고 멈추었다.

사육신의 충절의 기개는

저 푸른 깃발과 함께 힘차게 펄럭인다.

오늘도 내일도 눈과 비바람 이겨내고

하늘로 하늘로 힘차게 솟구쳐 오른다.

오늘을 사는 지혜와 영감으로

영원한 충절의 표상으로 만개하리라.

사육신, 충절의 깃발로 하늘을 호령하리라.

심사평

주어진 주제를 가지고 글을 쓰는 일은 의외로 쉽지 않다. 왜냐하면 그 주제에 대해 사람들이 생각하는 바가 비슷하기 때문이다. 더구나 그 주제가 역사적인 것이라면 더더구나 글을 쓰는 사람들의 운신의 폭은 훨씬 더 좁아질 수밖에 없다. 일단 그 역사적 사건의 테두리 안에서 움직여야 하기 때문이다.

이러한 글쓰기의 어려움에도 불구하고『사육신 현창회』에서 주관한 백일장 대회에 백 팔십여 명이 운문과 산문으로써 응모한 것은 사육신에 대한 관심과 애정이 얼마나 깊은 것인지를 분명히 보여주는 것이다. 이러한 깊은 관심과 애정은 오늘날 자신의 이익을 쫓아 의리를 헌신짝같이 쉽게 버리는 세태를 반증하는 것이기도 하다.

심사의 기준은 다음 네 항목이다. 즉 첫 번째 글의 내용이 주제와 잘 부합하는지, 두 번째 얼마나 독창적인지, 세 번째 글쓰기가 제대로 되어있는지, 마지막으로 글쓴이의 수준에 알맞는가이다. 마지막 항목을 넣은 것은 응모한 이들의 연령, 또는 학력이 초등학생부터 일반인에 이르기까지 다양하기 때문이다. 이 항목 중 작품을 평가하는 데 있어서 가장 중요한 요소는 첫 번째와 두 번째 항목이었다. 첫 번째 항목은 역사적 사건의 실체에 대해 정확히 이해하고 있느냐 하는 것이고 두 번째 항목은 역사적 사실을 얼마나 독창적으로 표현해냈는가를 따지는 일이었다. 하나의 역사적 사실에 대해서는 많은 이들이 서로 비슷하게 상투적으로, 진부하게 표현하기 십상이기 때문이다. 세 번째와 네 번째 항목은 기본적인 것이다.

이런 기준으로 심사위원들은 대상, 금상, 은상 각각 두 작품씩, 동상에는
열다섯 작품을 골라내었다.

전치용의「사육신」은 시조 형식의 아름다운 글이다. 사육신에 대한 경의와 애정을 물 흐르듯 유려하게 표현해냄으로써 우리로 하여금 사육신에 몰입하게 만든다.

이우식의 「겨울 봉선화」는 사육신을 겨울 봉선화로 비유함으로써 역사적 주제가 범할 수 있는 상투성을 벗어난 뛰어난 작품이다.

이 두 작품은 대상을 받기에 전혀 모자람이 없다.

금상 수상자는 고교생인 이윤서와 중학생인 손진이다. 이윤서의 「노들섬 너머 노을이 잠을 자면」은 평화로워 보이는 풍경과 사육신의 참혹함과 충절, 절개를 대조적로 표현함으로써 극적인 효과를 보여준다.
손진의 「사육신」은 사육신에 대해 알아가는 과정을 중학생의 입장에서 차분하게 그려내고 있다.

은상 대상자는 강수화와 김수정이다.
강수화의 「대충신 사육신」은 친구에게 보내는 사육신의 유서, 편지 형식으로 읽는 이의 마음을 순식간에 사로잡아 눈시울을 뜨겁게 한다.
김수정의 「비상」은 곡을 붙이면 감동적인 노래가 될 수 있는 아름다운 글이다.

동상 수상자는 열 다섯이다.
고은빈의 「개나리」는 서정성이 뛰어나고, 김은비의 「忠의 死因으로」는 운율이 뛰어나다. 문예찬의 「사육신」은 사육신의 충절을 인용하여 유머스럽고 신랄하게 오늘날의 세태를 비판하는 멋진 작품이다. 민지수의 「사육신의 뜻을 계승한 진리의 삶을 살고 싶다」는 제목 그대로 고등학생의 신분으로, 세태를 비판하면서 사육신을 귀감으로 살아갈 각오를 차분하게 표현해내고 있다. 박신희의「사육신」은 죽음과 마주한 사육신의 모습을 표현하고 있는 대단히 극적인 작품이다. 박용진의 「오늘날 우리는 대충신 사육신을 볼 낯이 있는가」는 사육신을 통해 오늘날 우리가 왜 반성하고 어떻게 살아야 할 것인지를 설득력있게 지적해주고 있다.

손성자의 「대충신 사육신」은 가독성이 좋은 아름다운 한편의 시조작품이다. 손유경의 「내 마음 풀쳐내어」는 읽는 이의 눈시울을 붉게 만드는 아름다운 노래 가사같다. 손창현의 「사육신묘 답사 레포트」는 제목 그대로 사육신 묘 답사기이지만 그 역사에 대해 깊이있게 이해하고 적확하게 밝히고 있는 점이 칭찬받기에 충분하다. 유다은의 「사육신묘에서-신념을 지키는 삶에 대해」는 즐겨 찾던 사육신묘에서 느끼던 진정한 '사육신 정신'을 자신의 귀감으로 삶고 행동에 옮기는 용기를 차분하게 보여주는 아름다운 글이다. 유수연의 「사육신」은 사육신의 역사를 고교생 입장에서 아름답게 쓴 글이다. 윤헤레나의「수양산아」는 뛰어난 유머 감각으로 감동을 준다. 이태희의 「여섯개의 꽃잎」은 단종과 사육신을 꽃잎에 비유한 매우 아름답고 슬픈 작품이다. 이현도의 「사육신」은 사육신을 통해 인간을 사려깊게 분석하는, 뛰어난 작품이다. 이현진의 「길 아니면」은 사육신의 입장에서 그 마음을 뛰어난 운율로 훌륭하게 표현하고 있다.

훌륭한 작품들에 순위를 매기는 일은 쉽지 않다. 낙선한 이들도 실망하지 않기를 바란다.

서정기 심사위원장
문학박사
사육신 온라인 백일장 심사위원장

사육신 글로벌 콘텐츠의 가능성

한국을 대표하는 콘텐츠는 이제 한류(韓流)라 하여, K-pop를 비롯해 각 분야를 망라하며 세계인의 감성을 자극하고 있다. 아울러 한국의 것들을 사용하고 즐기면서, 한국인을 알고 싶어 하고, 나아가 한국 것들, 한국의 역사문화를 찾는 사람들이 늘고 있다.

한국인의 정신 문화적 중심 가치는 무엇일까?

한국인들이 보여주는 역사 문화적 소양의 근원은 무엇인가? 이러한 물음에 가장 쉬운 답변 중의 하나가 바로 "충(忠)과 효(孝)"라고 답할 수 있다. 한국인은 충효 정신을 바탕으로 삶을 규정하고 가치관의 뿌리를 정립하고 있다. 그 충과 효는 왜 한국인에게 더 중요하게 되었을까?

조선(朝鮮)은 고려(高麗) 말 무신(武臣) 이성계(李成桂)가 세운 새로운 왕조(王朝)였다. 이성계는 조선왕조를 개국하면서, 억불(抑佛) 숭유(崇儒)를 국시(國是)로 삼았다. 새로운 왕조의 발전을 위해서는 유교(儒敎) 사상에 바탕을 둔 통치가 필요했다.

유교는 중국의 학자인 공자가 처음으로 가르침을 펼쳤기 때문에 '공교', 또는 '공자교'라고도 한다. 약 2,500년 전 춘추전국시대. 대륙 곳곳에서는 수많은 나라가 서로 힘을 겨루며 싸웠다. 강한 자가 약한 자를 괴롭히고 어지러운 세상. 공자는 "바른 세상이 되려면 먼저 나라를 다스리는 자가 올바른 사람이 되어야 한다. 또 모든 이들은 자기가 갖고 싶은 것을 도리어 남에게 주고, 옳지 못한 일에 대해서는 부끄러워하는 마음을 가져야 한다."고 했다.

공자의 이런저런 가르침을 제작들이 묶어 《논어》라는 책을 펴냈고, 사람이 살아가면서 지켜야 할 덕목을 밝힌 이 책은 유교의 최고 경전이 됐다. 그 속엔 수많은 지혜와 교훈이 담겨 있는데, 무엇보다 중요한 건 '인(仁)'의 정신이다. '인'은 남을 위해 베푸는 '어진 마음'이자 '사랑의 마음'이다. 이런 공자의 가르침은 맹자로 이어져 《맹자》에서는 '인'과 더불어 '의(義:의로운 마음)' 등 인의예지신(仁義禮智信)이 강조되었다. 이것이 유교가 강조하는 통치의 이념이었다.

조선에서 강조된 충효는 오늘날 현재까지도 우리에게 면면히 이어져 오고 있다. 그 충효에 대한 강조는 구한말 나라 잃은 설움과 6.25 한국전쟁을 통해 극도의 혼란 속에서 우리 사회를 지탱해야 하는 통치이념을 넘어 사회적 이념으로 자리매김한 것으로 여겨진다.

한국인 이념, 충의(忠義)의 대표적 갈등 구조 : 군신(君臣)

신하들이 배반의 싹을 아예 키울 수 없도록 통치이념 교육이 있어야 했고, 그 교육에 임금과 신하 사이에 있어야 할 가장 중요한 충의(忠義)에 대한 논쟁은 강조되지 않을 수 없었을 것이다.

고려의 충신 정몽주는 이씨 조선에서도 충신이었을까? 이씨 조선을 세운 이성계와 개국공신들은 고려에서 충신이었을까. 개국공신들은 이후 이씨 왕조만의 신하였는가. 고려 왕조를 배반한 이씨 왕조의 개국공신들에 대하여 이씨 왕조의 왕들은 어떤 생각을 가졌을까. 이성계와 개국 공신 이후 조선은 망하는 그날까지 군신(君臣) 관계에서 충의(忠義)를 논쟁했다.

무도(無道)함이 극적이었던 고려 말 무신정권(武臣政權)에서 역성(易姓) 혁명(革命)으로 새로운 나라, 조선(朝鮮)을 세운 이씨 왕들에게 유교의 인의예지신(仁義禮智信)은 먼저 충의(忠義)를 강조하여, 나라를 통치하는 데 가장 좋은 방편으로 활용할 수밖에 없었을 것이다.

새로운 왕조의 시작점에서 무인(武人) 집안의 피가 흐르는 조선 왕조 창업기에, 태종 이방원의 '왕자(王子)의 난(亂)'은 혼란인 동시에 왕조의 안녕을 위한 강한 통치이념의(統治理念) 유학 및 성리학의 더 견고함이 필요했을 것이다. 창업공신들의 대다수에 무신들이 있었고, 왕권을 만든 왕자들의 사병들도 있었다. 권력을 분점(分店)할 수 없기에 무신을 경계함은 충(忠)의 이념을 기반으로 문신

(文臣)들을 통해 이루어졌다.

나라를 지키는 충(忠)과 가정을 지키는 효(孝)는 무질서에 대한 질서 이념이고 이는 예와 자격들에 대한 구체적인 역할들을 갖게 한다. 혼란을 막고 일을 맡는 역할들의 기준점이 되는 것이다. 한국인의 면면에 흐르는 충효의 이념은 유교(儒教), 유학(儒學)을 통해 조선 600년을 관통해 그 역할들이 정해져 왔었다.

특히, 왕이 되기 전 고려의 신하였던 이방원은 한 왕국의 몰락과 새로운 왕조의 시작을 모두 경험하고, 국가의 존속을 위해 왕이 과감하게 해야 할 일을 정확히 알고 있었다고 본다. 특히 튼튼한 반석 위에 조선 왕조를 고려와는 다른 신세계로 만들기 위해 태종 이방원은 필요에 따라 스스로 악역을 자처했다. 물론, 동료를 죽이고, 친척과 충신들을 제거하는 그의 선택 속에는 과거 고려가 몰락했던 그 원인의 싹을 처음부터 잘라버리려는 목적이 컸다.

태종의 이씨 조선의 번영을 위한 선택, 세종

이씨 조선의 초기, 태종 이방원은 왕자들의 피투성이 싸움을 딛고 세종(世宗)이란 성군(聖君)을 만들어, 조선 왕권을 안정시키려 했다. 다만, 세종이 첫째가 아니었기에 장자(長子) 계승(繼承)에 문제가 있었다. 훌륭한 왕재(王才)가 첫째로 순탄하게 계승되지 않을 때, 장자측보다 더 훌륭한 왕재(王才)들에게 사람들이 모여들었고, 이들은 새로운 권력을 꿈꾸곤 했다.

세종은 1397년. 당시 정안군이던 태종 이방원과 민제의 딸 원경왕후 민씨의 6남으로 태어났다. 위로는 형 양녕대군 이제, 효령대군 이보 및 세 명의 요절한 친형이 있었고, 정순공주, 경정공주, 경안공주 등 동복 친누나 세 명이 있었다. 아명은 막동이고, 후에 이름을 도(祹)로 개명하였다. 1408년 12살에 충녕군(忠寧君)에 봉해졌다. 어려서부터 독서와 공부를 좋아하였으며, 두 형과 함께 빈객으로 임명된 계성군 이래(李來)와 변계량에게 수학하였다. 그 후에는 정몽주의 문하생인 성리학자 권우의 문하에서 수학하였다. 어려서부터 책을 한시도 손에 놓지 않아 눈병과 과로로 건강을 해치기도 하여, 부왕 태종은 책을 모두 감추게 했다는 얘기가 전해진다. 그러나 어린 세종은 부왕이 숨겨 둔 책들을 찾아내어 독서를 계속하였다.

1412년 열여섯 살에 둘째 형 효령군과 함께 대군으로 진봉되었다. 대광보국 충녕대군(大匡輔國 忠寧大君)이 되었다. 그는 형제간에 우애가 깊은 인물이고, 부모에게 지극한 효자로 각인되었다. 특히 동생이며 부왕 태종의 넷째 아들인 병약한 성녕대군에게 직접 병간호를 할만큼 그 우애가 유난히 각별했다. 홍역을 앓던 성녕군이 14세로 일찍 죽었다.

충녕대군은 "임금의 아들이라면 누군들 임금이 되지 못하겠습니까"라는 한 신하의 위험한 발언을 아버지 태종에게 전해, 자신의 존재를 알리고, 세자인 이제에게 "마음을 바로잡은 뒤에 몸을 꾸미라"고 충고하기도 하여 형 이제와의 관계를 악화시키기도 했다고 한다.

1418년 태종은 세자의 행동이 지극히 무도(無道)하여 종사(宗社)를 이어받을 수 없다고 대소 신료(大小臣僚)가 청(請)하였다는 이유로 폐위시켰다. 동시에 충녕대군의 학문과 자질이 높이 평가하여, 황희 등 일부 신하들의 반대에도 불구하고 같은 해 6월 22세의 충녕대군을 새로운 왕세자로 책봉하고, 왕세자 이제를 양녕대군(讓寧大君)으로 강봉(降封)하였다.

충녕대군은 세자 자리를 계속 사양하였으나 태종은 받아들이지 않았다. 1418년 8월 8일 태종은 왕위를 세자에게 물려주고 옛 세자궁으로 거처를 옮겼다. 충녕대군은 이를 거두어줄 것을 여러 번 청하였지만 태종의 결심이 굳건하여 받아들여지지 않았다. 마침내 이틀 뒤인 8월 10일 조선의 제4대 임금으로 즉위한다. 태종의 뜻이었다.

그 세종이 조선 유교 정치의 기틀을 마련했다. 세종은 신분을 가리지 않고 유능한 인재를 많이 등용하여 깨끗하고 참신한 정치를 펼쳐 나갔다. 그러면서도 인사와 군사에 관한 일은 세종 자신이 직접 처리함으로써 왕권과 신권의 조화를 이루었다. 아울러 국가의 행사를 오례에 따라 유교식으로 거행하였으며, 사대부에게도 주자가례의 시행을 장려하여 유교 윤리가 사회 윤리로 자리 잡게 하였다. 또한《삼강행실도》,《효행록》등을 간행하여 유교를 장려하였다.

성군 세종에게 잘난 왕세자, 문종 단명과 세손 걱정

문종은 세종 집권기 왕세자로서 뛰어난 재질을 보였고 효자(孝子)였다고 한다. 유교(儒敎)에서 장례(葬禮)는 중요한 의전(儀典)이었고, 문종은 세종과 어머니 시묘(侍墓)로 몸을 상하였다고 한다. 예(禮)를 다하다가 몸이 약해지고, 결국 단명하고 만다.

문종은 세종과 소헌왕후의 장자였다. 1421년 8살의 나이에 왕세자로 책봉되었다. 1429년 세자빈과 가례를 올렸으나 첫 번째 세자빈인 휘빈 김씨는 문종의 사랑을 얻으려 온갖 잡술을 이용하다가 발각되어 폐위되었고, 이후 간택된 두 번째 세자빈 순빈 봉씨는 폭력적이고 동성애적인 기질로 나인 소쌍과 동침하여 자질에 문제가 있다는 지적으로 인해 폐위되었다.

이후 승휘 권씨를 세자빈으로 맞이하였으나 세자빈 권씨는 1441년 단종을 낳은 지 하루 만에 산고로 인하여 죽고 말았다.

문종은 어렸을 때부터 인품이 관대하고 후하여 누구에게나 좋은 소리를 들었으며 학문을 무척 좋아했을 뿐만 아니라 세계 최초의 정량적 강우량 측정기인 측우기를 발명할 정도로 천문학과 산술에 뛰어난 능력을 보였다고 한다.
1421년부터 1450년까지 29년간 왕세자로 지내는 동안, 문신과 무신을 골고루 등용하였으며, 언관(言官)의 언론에 대해 관대한 정치를 폄으로써 언론을 활성화해 민심을 파악하는 데 힘쓰는 등 아버지 세종의 정치를 곁에서 훌륭하게 보필하였다고 한다.

1442년부터 세종이 병상에 누워 국정을 다스릴 수 없게 되자, 세종을 대신하여 8년간의 대리청정 동안 국사를 처리했다. 1450년 음력 2월에 세종이 승하하자 그 뒤를 이어 왕으로 즉위하였다. 이미 대리청정을 한 덕분에 공백 기간 동안 정사 처리에 문제가 없었다.

1450년 3월에 즉위하여 바로 명나라에 책봉 주청사를 보냈고, 그해 음력 5월 명나라로부터 책봉 고명을 받아 정식 국왕으로 즉위하였다고 한다. 문종은 재위 기간 동안 언론의 활성화와 역사책 편찬, 병법의 정비 등의 업적을 남겼으며, 유연함과 강함을 병행하는 정치를 실행하려고 했다.

문종은 6품 이상까지 윤대를 허락하는 등 하급 관리들의 말도 빠짐없이 경청하는 등 열린 정책을 펴는 한편, 《동국병감》, 《고려사》, 《고려사절요》 등을 편찬하였다. 문종은 역사와 병법을 정리함으로써 사회 기반을 정착시키고 제도를 확립하고자 하였다. 문종은 왕세자 시절에 진법을 편찬했을 만큼 국방에도 관심이 많아서 병력 증대를 통해 병법의 정비와 국방의 안정을 꾀하려 하였다. 또 태종 때 만들었던 화차를 새롭게 개발하여 혹시나 있을 전쟁과 국방에 대비하고자 하였다.

그러나 아버지 세종과 어머니의 삼년상을 연속적으로 치르는 바람에 건강이 급속도로 악화되어 세종의 고명대신(顧命大臣)이었던 김종서가 잠시 섭정을 맡았다. 그러다가 결국 즉위한 지 2년 3개월 만인 1452년 음력 5월에 39세를 일기로 경복궁 천추전에서 승하하였다.
단종의 할아버지 세종은 생전에 문종을 염려하여, 병석에서도 자신은 죽음이 얼마 남지 않았으며, 당시 세자였던 문종 역시 병약하였기 때문에 오래 살지는 못할 것이라는 예상을 하고, 집현전 학사들을 불러 세손, 즉 훗날 단종의 앞날을 부탁하였다. 이 단초가 훗날 사육신의 시작이 되었을지도 모른다. 성군 세종의 부탁. 충의(忠義)는 그렇게 시작되었을 것이다.

단종의 즉위, 그 비극의 서막(序幕)

세종대왕(世宗大王)은 위대한 성군(聖君)이었다. 백성을 지극히 사랑하여 훈민정음을 만들고 집현전에서 빼어난 인재들을 모아 학문을 일으키고 과학과 음악까지 크게 발달시켰다. 북방 육진을 개척하여, 강토를 넓히고 왜구의 소굴인 대마도를 정벌하여 나라를 평안하게 하였다. 적장(嫡長) 승통(承統) 대경대법(大經大法)도 마련하여 일찍이 큰아들 향(珦)을 왕세자로 삼았다. 세종 23(1441)년 7월 23일 단종(端宗)께서는 기구한 운명을 품고 왕세자 향의 외아들로 태어났다. 세종대왕은 왕세손으로 책봉하였다. 세종이 어린 단종을 안고 집현전(集賢殿)에 납시어 성삼문(成三問) 등 한글제작에 공이 큰 여러 학사에게 잘 보좌할 것을 부탁하였다고 야언(野言)에 전하기도 한다. 그만큼 어린 왕세손의 앞날이 두려운 그 무엇인가가 있었을 터다.

1450년 세종대왕께서 붕어(崩御)하셨다. 뒤를 이어 왕세자가 왕위에 오르니 문종(文宗)이다. 문종은 성품이 어질고 학문을 좋아했다. 문종이 왕위에 오르자 단종을 왕세자로 책봉하였다. 1452년에 문종이 죽었다. 재위 2년 5개월 만에 39세의 나이로 일찍 세상을 떠난 것이다.

단종이 12세의 어린 나이로 왕위에 올랐다. 단종의 모후(어머니) 현덕왕후는 세종 때 단종을 낳고 그 이튿날 죽었다. 단종은 실지로 고아였다. 단종은 나이는 어려도 판단이 정확하고 대담한 점도 있어 장차 현군이 될 자질이 있었다고 한다. 그러나 나이가 어리고 고독한 단종의 틈을 엿보는 숙부들이 너무 강성하였다.

세종의 아들 대군 중 둘째 숙부인 안평대군(安平大君) 용(瑢)은 주로 문인들의 세를 얻고 있어 그리 위험한 뜻이 보이지 않았다. 그러나 첫째 숙부인 수양대군(首陽大君)은 본인도 무재(武才)가 있고, 야심도 있어서 평소 무인들을 가까이 하고 사병도 양성하는 등 지극히 위험한 인물이었다. 그는 명나라에 사신으로 갔을 때 어린 조카의 제위를 찬탈한 영락제(永樂帝)의 사적을 직접 보고 왔다고도 했다. 또 문종 2년 8월에 수양대군의 집의 솥이 스스로 소리를 냈는데, 비파(琵琶)라는 무속인이 이와 관련하여 수양대군이 39세에 등극할 것이라는 예언을 한 바 있어서 더욱 왕좌를 노리는 야욕을 드러내고 있었다.

세종과 문종, 그리고 세손 단종과 숙부

한국의 대표적인 충신(忠臣) 이야기로 알려진 사육신은 조선 초기 조선왕조 최고의 성군이라 불리는 세종의 아들 문종과 그 동생 수양대군 그리고 단종 때 어떤 신하들의 충의(忠義)에 관한 이야기다.

세종과 문종이 다져놓은 유교적 통치이념이 자리를 잡은 상황에서, 어린 왕 조카 단종 그리고 숙부 수양대군처럼, 혼잡하던 주(周 : BC 1111경~255) 초기에 국가의 기반을 다지고 충의(忠義)의 상징처럼 유교적으로 유신(儒臣)들에게 있어 칭송받는 사람이 있다. 그의 이름은 주공(周公).

유교에서 공자(孔子)가 극찬하는 인물. 성은 희(姬), 이름은 단(旦). 공자는 그를 후세의 중국 황제들과 대신들이 모범으로 삼아야 할 인물로 격찬했다.

주공(周公)은 주를 창건한 무왕의 동생으로 무왕의 권력 강화를 도왔다. 무왕이 죽자 주변의 유혹을 뿌리치고 무왕의 어린 아들 성왕을 보좌해 통치기술을 가르치고 반란군을 제압해 정권의 안정을 도왔다. 7년 동안 섭정한 후 스스로 자신의 지위에서 물러날 때쯤에는 주의 정치·사회 제도가 중국 북부 전역에 걸쳐 확고히 수립되었다. 그가 확립한 행정조직은 후대 중국 왕조들의 모범이 되었다.

주공과 비슷한 입장. 세종대왕과 소헌왕후 심씨의 둘째 아들이 있었다. 문종의 동복동생. 안평대군 용, 금성대군 유의 친형이며 단종의 숙부다. 수양대군(首陽大君)은 김종서를 제거한 1453년부터 1455년까지 조카 단종 대신 섭정하였다.

조선 왕조에서 최초로 반정(反正)을 일으켜 집권한 지도자로 말타기와 활쏘기를 즐겨 했고, 역대 병요 등을 편찬할 때 만난 권람 등을 통해 한명회를 소개받고, 이미 문종 때 한명회를 통해 신숙주, 정창손, 정인지, 김질 등의 집현전 학사들을 포섭하여 조정을 장악해 나갔다.

왕자 시절 월인석보와 역대 병요 등의 편찬에 참여했다. 세종 사후 왕권을 위협하는 유력주자로 지목되던 중, 1453년(단종 1년) 계유정난으로 안평대군, 김종서를 죽이고 스스로 영의정 부사에 올라 전권을 장악한 뒤, 스스로 정난공신 1등관에 녹훈하였다. 1455년 조카 단종으로부터 명목으로는 선위의 형식으로 즉위하였으나, 훈신들의 압력에 의한 단종이 강제 퇴위였고 이는 이후 생육신, 사육신 등의 반발과 사림 세력의 비판을 초래하였다.

단종 복위 운동을 진압하고 사육신과 그 일족을 대량 숙청하였으나, 후일 죄를 뉘우치고 불교에 귀의하였다. 사육신 등의 대량 학살로 구(久) 공신 세력이 강성해지자 재위 말년에는 구성군 이준 등의 신(新) 공신을 등용하여 균형을 유지하려 했다.

생애 후반, 그는 악몽과 피부 질환에 시달렸다고 한다. 1468년 9월 22일(음력 9월 7일)에 예종(睿宗)에게 왕위를 물려줬다.

조선왕조실록 기록의 비밀과 그 가치

조선 시대 제1대 왕 태조로부터 제25대 왕 철종에 이르기까지 25대 472년간의 역사를 연월일 순서에 따라 편년체로 기록한 역사서. 1,893권 888책. 필사본·인본. 정족산본과 태백산본 등이 일괄적으로 국보 제151호로 지정되었다. 그리고 1997년에는 훈민정음과 함께 유네스코 세계기록유산으로 등록되었다.

이 놀라운 조선왕조실록은 일시에 편찬된 사서가 아니다. 대대로 편찬한 것이 축적되어 이루어진 것이다. 대체로 왕이 승하하면 다음 왕 때에 임시로 실록청(實錄廳)을 설치하여 전왕대의 실록을 편찬했다.

실록 편찬 시 이용되는 자료는 정부 각 기관에서 보고한 문서 등을 연월일 순으로 정리하여 작성해둔 춘추관 시정기(春秋館時政記)와 전왕 재위 시의 사관(史官)들이 각각 작성해둔 사초(史草)를 비롯하여, 『승정원일기』·『의정부등록』 등 정부 주요 기관의 기록과 개인 문집 등이었다. 후세에는 『조보(朝報)』·『비변사등록』·『일성록』 또한 중요 자료로 추가되었다.

이 가운데에서 특기할만한 자료는 사관의 사초이다. 사관은 넓게는 춘추관 관직을 겸임한 관원이 모두 해당되었다.

전임 사관들은 품계는 비록 낮았지만, 청화(淸華)한 벼슬로써 항상 궁중에 들어가 입시(入侍)하였다. 그리고 임금의 언행을 비롯하여 임금과 신하가 국사를 논의, 처리하는 것과 정사(政事)의 득실(得失) 및 풍속의 미악(美惡)과 향토(鄕土)의 사정(邪正) 등을 보고 들은 대로 직필하여 사초를 작성하였다. 사관(史官)은 그래서 왕조(王朝)를 경험하는 자리이기도 했다. 젊은 공직자들의 숙성과정은 왕과 신하, 그리고 왕국의 기록이기도 했다. 일반적으로 실록은 그 보관과 유지가 철두철미했으며 일반인들의 접근이 불가능에 가까웠다.

조선왕조실록은 정치, 경제, 사회, 문화 그리고 천재지변 등 다방면의 자료를 수록한 종합사료로서 가치가 높다. 일본, 중국, 월남(베트남) 등 유교문화가 퍼진 곳에는 모두 실록이 있는데 편찬된 실록은 후손 왕이 보지 못한다는 원칙을 지킨 나라는 조선왕조뿐이라고 한다. 이 원칙의 고수로 조선왕조실록은 기록에 대한 왜곡이나 고의적인 탈락이 없어 세계 어느 나라 실록보다 내용 면에서 충실하다. 권수로 치면 중국 명 실록이 2,900권으로 더 많으나, 실제 지면수로는 조선왕조실록이 이보다 훨씬 많아 분량 면에서 세계 제일이다. 일본, 중국, 월남의 다른 실록들은 모두 당대 만들어진 원본이 소실되었고 근현대에 만들어진 사본들만 남아 있으나 조선왕조실록은 세계에서 유일하게 왕조 시기의 원본이 그대로 남아 있다.

인류역사문화재로써 최고의 기록물 가치가 있는 조선왕조실록을 통해 우리는 사육신(死六臣)의 충의(忠義) 정신과 그 비밀스러운 이야기들을 바로 찾아볼 수 있게 되었다.

조선왕조실록에서의 사육신(死六臣), 정사에 빛나다.

단종실록은 세조 때 작성되었을 것이다. 단종실록에서 세조실록에 기록된 사육신 관련 자료들을 미세하게 살피면 가히 드라마적 요소들을 풍부하게 가지고 있다. 그래서 조선 이후 한반도 남북한의 다른 체제에서도 사육신 소재의 드라마와 영화, 소설 등이 많다.

세조는 당대에 이미 후회했다. 역사적 비판을 이미 알고 있었을 것이다. 주공(周公)의 멋진 행보가 없더라도 성군 세종과 문종 그리고 조선 초기 왕권의 안정을 꾀했던 수많은 신하가 보고 있었다.

세조 수양대군 측의 계유정난은 권력을 잡기 위한 쿠데타였다. 문제는 단종의 나이. 단종이 성장할수록 권력의 거리가 멀어져야 하는 수양대군은 급했다.

단종실록, 수양대군의 쿠데타

수양대군은 단종이 나이를 더 먹기 전에, 그리고 딴 경쟁자들의 기선을 제압하기 위하여 거사를 서둘러야 했을 것이다. 그는 단종 원년(1453) 월부터 단종의 측근을 약화하기 위하여 혜빈 양씨를 견제하기 시작했다.

수양대군은 먼저 단종 왕위의 대들보 역할을 하는 좌의정 김종서(金宗瑞)를 암살하는 것부터 시작하였다. 김종서는 문과(文科)에 급제한 유신(儒臣)이지만 문무(文武)를 겸하였다. 세종 때 함길도절제사로서 그곳에 육진(六鎭)을 개척한 명장이다. 그는 세인들에게는 호랑이로 불리던 장군으로 충성을 다하여 단종을 보좌하고 있었다. 수양대군은 그리고 나서 함길도경성부사인 이경유(李耕誤)가 함길도(후일의 함경도)에서 무기를 배에 싣고 서울로 운반하였다는 등의 거짓 이유를 들었다.

단종이 있는 곳에서 군 최고직인 도진무 김효성과 국방차관격인 병조참판 이계전과 상의하였다. 그리하여 왕명을 증명하는 명패(命牌)를 내어 재상들을 불렀다.

궁문 옆에 암살자들을 숨겨놓고, 들어오는 영의정 황보인(皇甫仁)을 비롯하여 재상인 이양(李穰 찬성) 등 신하들을 죽였다. 또 사람을 보내어 민신(閔伸 이조판서) 등을 암살하였다. 그리고 이들의 목을 베어 장대에 높이 매달아 내걸었다.

수양대군은 결국 자신의 친동생이자 경쟁자로 생각한 안평대군 용(瑢)을 붙잡아 강화도에 귀양 보냈다. 관련자들의 목도 베었다. 다수를 먼 지방으로 귀양을 보냈다. 그리하여 단종의 왕위를 빼앗는 첫 단계, 계유정난은 성공하여 수양의 섭정이 시작되었다.

수양대군은 영의정 겸 판이병조사(判吏兵曹事)에 전국의 군총사령관인 팔도병마도통사가 되었다. 스스로 총리와 인사권이 있는 내무 · 국방 양 장관을 겸직하고, 국가 권력을 장악한 뒤 조정 일들을 모두 관장하였다. 사실상 국왕의 권한을 가진 것이다.

그리고 수양대군의 측근 인사들이 조정의 요직을 모두 차지했다. 단종 2년 3월에는 집현전, 경연, 예문관(藝文館), 춘추관(春秋館), 서운관(書雲觀) 등 학문기관의 수장(首長)까지 겸하였다.

영의정, 좌의정, 우의정 등이 역모를 한다? 권력을 이미 가지고 있는 삼정승이? 왕이 아닌 이상 더 높은 권좌가 없는 사람들이... 힘없는 단종을 앞두고. 어린 단종이 편하지 안평대군을 모시고?

역모 증거도 없었다. 함길도에서 경성부사 이경유가 무기를 수송했다고 하나 함경북도 변방에 있는 작은 고을에서 역모의 무기를 얼마나 어떻게 수송해서 역모를 한다는 것인가? 사실이었다면 실록에 구체적으로 누가 어떻게 얼마나 어디서 어디로 수송했다고 다 기록이 있었을 터. 말만 무성했다.

그렇게 수양대군은 단종 주변을 정리하고 권력을 다 틀어쥐었다. 어린 단종이 왕위에 있어서 약화된 왕권을 강화하기 위해 정난(靖亂)을 일으킨 것이라고 했다. 그러나 실상은 세종과 문종의 명과 유언에 따라 어린 단종을 보위하는 세력과 찬역의 경쟁자로 생각한 안평대군 세력의 제거였다.

이때 성삼문, 박팽년, 하위지, 이개, 유성원, 박중림 등은 수양대군에 속아 안평대군, 허후 등의 처벌을 주청하기도 하였으므로 정변 초기 수양대군은 이들을 단종의 보위세력으로 생각하지 않은 것 같다.

수양대군은 무예를 즐겼다. 오래전부터 무사를 기르고 책사(策士)를 식객으로 두었다. 찬탈을 꿈꾼 것이다. 왕의 권한을 스스로 행사하고 단종을 무력화했다. 어린 단종이 더이상 성장하고 권력을 움직일 수 있도록 기다릴 수는 없었을 것이다.

기록에 수양대군은 정난공신(靖難功臣) 명단을 발표했다. 모두 43명. 수양대군, 정인지, 한명회, 권람 등 12명이 1등공신이다. 신숙주, 홍윤성 11명이 2등공신이다. 이홍상등 20명이 3등공신이다. 이 3등 공신에 성삼문이 끼었다. 성삼문을 3등 공신에 넣은 것은 이해하기 어렵다. 이것은 수양대군의 쿠데타를 지지하여서인가 포섭하기 위한 것인가.

후자일 가능성이 크다고 한다. 사헌부에서 같은 해 11월 18일, 정난공신으로 발표된 자 중 '공이 없이 공신이 된 자'가 있다고 아뢰었다. 그러자 그 이튿날 사간(司諫 ; 왕의 잘못을 간하는 종3품 벼슬)인 성삼문 등이 "공(功)없이 공신(功臣)이 되었습니다. 공신호(功臣號)를 취소해주십시오"라고 아뢰었다고 했다. 그러나 허락하지 않았다고 한다. 박중림은 형조판서로 승진시키고, 후일 사육신으로 추앙받는 하위지(河緯地)를 좌사간(左司諫)로, 성삼문을 우사간(右司諫)으로, 이개를 수사헌부집의(守司憲府執義 ; 종3품의 감찰관)로 임명하고, 후일 세 운검(雲劍) 중의 한 분인 유응부(兪應孚)를 평안도절제사(평안도지방 군사령관)로, 박쟁(朴崝)을 충청도처치사(壤置便; 충청도해역 수군사령관)로 임명하였다. 수양대군이 이 사람들을 포섭하려는 뜻이 있었으리라고 본다.

함길도, 조선 무인들의 뿌리

이성계 군(軍)의 뿌리는 함길도다. 함길도는 조선 초기 조선과 명나라 그리고 여진족이라는 긴장 관계가 자리 잡고 있었다. 태종 때는 여진족이 8차례에 걸쳐 조선을 침범했고, 세종 때에는 그 횟수가 30회로 늘어났다.

이처럼 14세기 후반부터 15세기 초반까지의 여진족은 자신들에게 당근과 채찍을 구사하는 조선과 명나라 양국에 맞서, 때로는 책봉을 받아들이고 또 때로는 군사작전을 감행하기도 했다. 거기 조선의 여진족 접경지가 바로 함길도였고 그래서 가장 강력한 주둔군과 장수들이 있어야 할 곳이었다.

세조 때 기록된 단종실록, 반 수양 인물이 있어

기록에 단종의 보위세력인 대신들이 화를 당하는 와중에 법무차관격인 형조참판 김문기(金文起)가 사직하기를 원하는 사직소를 올렸다. 그러나 같은 달 13일 반려되었다.

앞서 김문기가 수양대군을 만났을 때 수양대군이 함길도 병기 반출사건에 관해 물었다고 한다. 김문기는 "지난해 가을에 함길도 병영 무기고 북쪽 벽을 도적이 헐고 들어와서 병기를 훔쳐 갔다고 들었을 뿐"이라고 답하였다고 기록되어 있다.

경성부사 이경유가 함길도절제사 이징옥과 짜고 무기를 함길도에서 서울로 운반하였다는 수양대군의 주장을 부인한 것이다. 그리고 수양대군의 쿠데타에 협조하는 발언을 하지 않았다.

결국, 같은 달 17일 정인지가 백관을 거느리고 사건 당시의 함길도감사(監司; 현도지사)였던 김문기와 함길도도사(都事; 도의 감찰업무를 담당하여 감사를 보좌하는 벼슬) 권수(權需)도 역적의 한 패당(牌黨) 입니다. 법에 따라 처단하소서."라고 아뢰었다. 그러나 허락하지 않았다.
사헌부의 연이은 공격이 있었다. 다만, 단종이 아니 그 뒤에 수렴청정 중인 수양대군마저 이를 허락하지 않았다.

기록에 의하면 단종 원년 10월부터 연일 수양을 반대하는 인물로 지목되어 위기에 빠진 사람이 김문기였다. 후일 단종복위 운동을 한 사람들 중에 초기부터 유일하게 수양 반대 인물로 지목되었던 사람이다.

단종원년 10월 25일, 함길도절제사였던 이징옥이 후임으로 함길도에 도착한 박호문을 죽이고 반란을 일으켰다. 이언과 김계우가 김문기의 국문을 청한 때였지만 전에 함길도감사를 지낸 김문기가 함길도 도민의 민심을 얻었고, 이징옥을 당할 사람은 문무를 겸전한 김문기가 제일이라고 하여, 수양 반대 인물로 지목된 김문기를 함길도절제사로 임명하여 즉시 출발하게 하였다. 이로써 김문기는 위기를 모면하였다.

또 사간원에서 김문기를 함길도절제사로 임명한 것이 부당하다고 간하였지만, 수양대군은 스스로 전국 군 총사령관격인 중외병마도통사로 직위하고 김문기를 함길도로 보낸 것이다.
김문기는 훗날 단종 복위 운동을 한 사람 가운데 유일하게 애초 수양대군을 반대한 인물이라는 사실을 알 수 있다. 그럼에도 조선 군대의 주요 주둔지였던 함길도의 절제사를 역임했다. 수양대군에 의해서. 이는 훗날 전 조선 군대를 지휘하는 삼군(三軍) 도진무(都鎭撫) 직책을 수양대군에 의해 제수 받은 것으로 특이한 현상이 아닐 수 없다.

수양대군은 자신 일을 반대한 사람에게 삼군의 지위권을 줬다. 문무를 겸한 사람을 특히 좋아했고 천하제일의 궁수였던 태조가 되살아왔다던 얘기를 듣던 수양대군이었었다. 당시 효심이 깊었다 하고, 학식이 박학했으며, 언변이 웅장했고, 특히 말타기와 활쏘기에 능해 문무에 밝았다는 기록이 있는 김문기. 세종대왕과 문종이 총애했던 인물. 나이 어릴 때부터 사람 모으기 좋아했던 수양대군은 그를 내심 좋아한 것이 아닌가 싶다. 어쩌면 계유정난 공신첩에서 보이고 훗날 사육신 고문 때 세조가 직접 밝힌 것처럼 수양대군은 이들의 마음을 얻고 싶었는지도 모르겠다.

절대 반역하지 않을 사람들을 반역자로 몰아서 왕위찬탈

단종을 물러나게 했다. 단종실록에 1455년 5월 26일. 계양군 증과 윤암이 수양대군에게 금성대군(錦城大君) 유(瑜)와 혜빈 양씨와 화의군 영(和義君 瓔 ; 세종의 왕자)을 제거할 것을 건의하였다.

금성대군은 수양대군의 친동생이다. 혜빈 양씨는 세종의 후궁으로 단종을 기른 사람. 상궁 박씨(尙宮 朴氏)도 단종을 돌본 사람이다. 한남군, 영풍군 전(瑔)은 혜빈 양씨의 소생으로 세종의 왕자이다. 이들은 하늘이 두 쪽 나도 단종에 반기를 들 사람들이 아니었다. 그런데도 수양대군과 한확 등 그의 무리들이 이들이 모반하였다면서 처벌을 강하게 요청하였다. 그리하여 혜빈 양씨는 청풍에, 상궁 박씨는 청양에, 금성대군은 삭영에, 한남군 어는 금산에, 영풍군 전은 예안에, 영양위 정종은 영월에 귀양 보내졌다.

보호자들을 귀양 보내고 수양 일파는 계속 공포 분위기를 조성하였다. 나이 어린 단종은 숨이 막히도록 조이는 숙부 수양대군의 겁박을 도저히 견딜 수 없었다. 살 수 없는 지경. 살고자 왕위를 내주어야 했다.

그 후 세조 원년 11월 초8일에 혜빈 양씨 등은 모두 교수형을 집행당했다. 나머지는 모두 관노로 만들어 단종을 보호하는 분들을 모두 제거한 것이다. 이들은 단종에게 역모를 한 것이 아닌 단종의 보호자들이었다. 그들을 제거한 후에 단종의 양위가 이루어지고, 그 후 즉시 이들을 죽였다는 것으로 미루어 수양 일파의 의도적이고 계획적인 제거가 아닐 수 없다.

세조는 단종이 국가대사를 위하여 자진하여 왕위를 세조에게 양보한 것으로 위장하기 위하여 단종과 함께 사냥하러 다녔다. 또 명나라에 예조판서 김하를 보내어 양위를 설명케 하였다. 찬위에 일등공신인 신숙주를 단종의 사신(使臣)으로 위장하고, 권남을 세조의 사자(使者) 자격으로 해서 명나라에 함께 보냈다. 그리하여 단종이 스스로 국가대사를 위하여 나라에 공이 큰 어진 숙부에게 왕위를 양보하였다는 글을 단종이 명나라 황제에게 올리는 것으로 위계를 썼다.

단종 복위 운동과 사육신 태동

세조가 왕위를 찬탈한 후 가뭄과 폭풍우가 잦았다. 혜성도 자주 보여 민심이 흉흉하였다. 벽서와 난언(亂言) 반역과 모반을 한다는 고발들도 있었다. 벼슬을 버리는 사람들도 있고. 세조의 찬위에 분개한 것들이 조금씩 드러났다. 세조 측은 단종이 살아 있는 것이 부담되었을 것이다.

세조 원년 윤6월에 세조가 찬위를 한 후 하위지는 예조참판이 되었다. 또 그다음 달인 7월에 김문기가 공조판서가 되어 서울에 돌아왔다. 그리고 8월에는 박팽년이 예문관제학이 되어 왔다. 성삼문은 세조 찬위 때 이후 계속 승지로 서울에 있었다. 이개와 유성원도 세조가 단종의 왕위를 뺏을 때 이후 계속 서울에 있었다. 성승, 유응부, 박쟁도 서울에 돌아왔다. 그리하여 단종 복위운동의 핵심적 인물들이 서울에 다 집결한 것이다.

수양대군의 기만전략에 속아 그를 도왔던 박중림, 성삼문, 하위지, 이개, 유성원도 차츰 수양대군의 역심을 간파하게 되었다. 그리고 수양대군이 결국 찬위에까지 이르자 분개심이 치솟았다. 이개가 먼저 주장하여 세조 원년 겨울부터 단종 복위운동을 시작하였다.

박팽년의 아버지 박중림과 김문기는 친척이고. 박팽년과 김문기는 아주 친하게 지냈다. 성삼문과 이개와 유성원은 김문기와 같이 충청도 출신이다. 유성원, 박팽년, 성삼문, 하위, 이개는 중시(重試) 동기이거나 같이 집현전 학사 출신이었다. 이런저런 인연 등으로 이들은 쉽게 동지적 관계를 갖게 되었다.

단종은 왕위를 빼앗기고 창덕궁에 입주해 있었다. 세조 측 한명회의 꾀로 금성대군의 옛집으로 왕래케 하였다. 이는 단종이 좁은 길을 걸을 때 힘센 자를 시켜 단종을 시해하려는 음모가 있었다는 의혹이 일었다. 세조는 단종을 모시는 시종의 수를 줄이고 시종들의 출입을 제한했다. 세조는 단종의 감시를 엄중하게 해야 했다.

조선 충절의 대표적 상징이 되는 역사적 모의 상황 전모

세조 원년 10월에 신숙주와 권람이 명나라에 사신으로 갔으므로 명나라 황제가 신왕을 승인하는 문서를 전달할 사신이 올 것이었다. 그 사신 환영연 자리에서 사열 의장 때 쓰이는 운검(雲劍)을 시켜 세조를 처리하고, 단종을 복위, 모시기로 하였다.

그리하여 명나라의 사신이 단종과 세조 때의 진실을 알고 명나라로 가도록 계략을 정하였다. 운검(雲劍)은 왕이 납실 때 2품 이상의 무관이 큰 칼을 차고 시립하는 직책이다. 명나라에 갔던 신숙주와 권람이 세조 2년 2월에 돌아왔다. 그 성과는 명나라에서 새로운 조선의 왕 세조를 승인한다는 내용이었다.

명나라 사신이 왔다. 4월 20일에 입경했다. 거사의 핵심은 거사 동지 중에서 운검할 사람을 뽑게 하는 것이었다. 명나라의 사신을 환영하는 연회에는 세조만이 아니라 상왕인 단종도 참석할 예정이므로 3인의 운검이 필요하였다.

다행히 김문기가 삼군도진무이고 성삼문이 왕의 병사담당 비서관인 좌부승지(左副承旨)여서 세 분 운검이 선발됐다. 두 사람의 노력으로 성삼문의 아버지로 정2품 지중추원사인 성승(成勝)과, 김문기가 도감사로 있을 때 함길도내의 경원부부사로 있던 종2품인 동지중추원사 유응부와, 김문기가 공조판서로서 그 밑에 공조참의로 데리고 있던 동지중추원사인 박쟁이 운검으로 뽑힌 것이다.

연회일이 창덕궁에서 6월 1일에 하기로 정해졌다. 김문기의 주재로 성삼문과 박팽년 3인이 작전회의를 하였다. 성삼문과 박팽년은 안에서 일을 성사시키도록 하고, 연회장에서 세 명 운검을 시켜 세조를 시해하게 한 후 밖에 있는 병력을 동원하여 현장을 제압하고 같은 장소에 있는 명나라 사신을 설득하여 단종을 복위시키기로 하였다. 이 모든 분담은 김문기가 정하였다고 한다.

「세조실록」 세조 2년 6월 병오일조를 보면 다음과 같은 기록이 있다.

文起與朴彭年爲族親且密交, 文起時爲都鎭撫, 與彭年、三問謀曰: "第汝等在內成事耳。 我在外領兵, 雖有違拒者, 制之何難?"
김문기(金文起)는 박팽년과 족친(族親)이고, 또 친밀히 교제하였는데, 그때 김문기가 도진무(都鎭撫)가 되었으므로 박팽년·성삼문과 함께 모의하기를, "그대들은 다만 안에서 일이 성공되도록 만 하라. 나는 밖에 군사를 거느리고 있으니, 비록 거역하는 자가 있다 한들 그들을 제재하는 데 무엇이 어렵겠는가?" 하였다.

삼군도진무는 오늘날 합참의장 격으로 왕 옆에 항상 있어야 한다. 하물며 명나라 사신이 온 그 날. 조선 군대의 병권 사용의 실제적인 수장이다. 그런 김문기의 역할과 위상은 바로 단종 복위운동 거사의 핵심이 아닐 수 없다. 병권 운용을 쥔 사람이 주도하였으니... 이개가 사람을 모으고, 거사는 김문기 주도로 박팽년과 함께 성삼문과 모의했다.

세조실록 세조 2년6월 정미일조의 사면령(赦免令) 교서(敎書)에 의하면 단종 복위운동사건 전모(全貌)를 다음과 같이 기술하고 있다.

"근자에 또 여당(餘黨) 이개(李塏)가 흉악한 마음을 품고 감정을 풀고자 하여 난(亂)을 일으킬 것을 주장하고, 그의 도당인 성삼문(成三問)·박팽년(朴彭年)·하위지(河緯地)·유성원(柳誠源)·박중림(朴仲林)·김문기(金文起)·심신(沈愼)·박기년(朴耆年)·허조(許慥)·박대년(朴大年)이 같은 악당으로 서로 선동하여, 장신(將臣)인 성승(成勝)·유응부(兪應孚)·박쟁(朴崝)·송석동(宋石同)·최득지(崔得池)·최치지(崔致池)·이유기(李裕基)·이의영(李義英)·성삼고(成三顧) 등과 비밀히 결탁하여 우익(羽翼)을 삼고, 권자신(權自愼)·윤영손(尹令孫)·조청로(趙淸老)·황선보(黃善寶)·최사우(崔斯友)·이호(李昊)·권저(權著)와 연결하여 몰래 궁금(宮禁)에 연통하고, 안팎에서 서로 호응하여 날짜를 정해 거사(擧事)하여서 장차 과궁(寡躬)을 위해(危害)하고, 어린 임금을 옹립하여 국정을 제 마음대로 하려고 흉포한 모략과 간악한 계략을 꾸며 그 죄역(罪逆)이 하늘을 뒤덮었다."

위 문장에서 거사의 주장은 이개, 그리고 주어로 '성삼문, 박팽년, 하위지, 유성원, 박중랍, 김문기, 심신, 박기년, 허조, 박대년' 즉 이 문신들이 성승, 유응부, 박쟁, 송석동 등 장신(將臣 : 무신)들을 우익(右翼:보좌진)으로 삼아 거사했다는 것이다. 유교의 나라 조선에서 문과에 급제한 엘리트 유신(儒臣)들이 장수들을 모아 역모를 했다는 기록에서, 또 어린 선왕 복위를 목적으로 이루어졌음을 강조하여 후대 유교 성리학적 회복의 근거가 되게 했다. 역성(易姓)혁명이 아닌 충절, 충의 행위였음이 강조되었다고 본다.

억지로 빼앗긴 선왕의 복위운동과 충절은 '왕이 된 자', '항상 빼앗길 위험에 처한 가진 자' 즉 당대 왕들에게 '충신이란 이런 것이다.' 그리 말하고 싶은 사람들이 된다. 왕들이 사랑하고 싶은 신하들. 성군 세종의 사랑을 받았던 집현전 등 유신들이 중심이 되어서 복위를 모의한 거사는 그렇게 오늘날 사육신이 유교 성리학의 나라 조선의 대표적인 충신으로 자리매김한 시작인 것이다.

세조실록에 육신(六臣)이 있어

세조는 허후(許詡)가 단종 복위 운동사건 때까지 살아 있었더라면 육신(六臣)이 칠신(七臣)이 되었을 것이라고 말하였다고 한다.

光廟聖敎, 若曰: 若使許詡在者, 六臣當爲七臣。
세조가 말하기를 만일 허후가 실아있었다면 육신이 마땅히 칠신이 되었을 것이다.
(정조실록 14년 2월 경오(庚午)일조)

그리고 이 육신 얘기는 정조실록만이 아니라 정조의 문집인 홍재전서와 국조인물지, 고사대전, 전고대방 등에도 기술되어 있다.

허후는 문과에 급제하고, 계유년 수양대군의 쿠데타를 항의할 정도로 강직한 유신 재상이었다. 그러므로 세조의 이 말에서 허후같이 문과에 급제하고 강직한 유신 고위직이 육신으로 꼽힌 사실을 알 수 있다.

세조 본인이 언급한 육신(六臣)은 당대 유교 성리학 중심의 분위기상 또는 실록에 기록된 바에 거론된 것으로 보면 당연히 유신(儒臣) 중심이고, 당대의 명망가들로 실록에 다양하게 기록이 되어 있음을 알 수 있다. 즉 주동할 만한 사람들이었다는 정황이 기록되어 있다.

거사 모의, 그러나 운검이 사라지고

드디어 6월 1일 거사의 날이 밝았다. 명나라 사신 윤봉을 위한 연회장은 창덕궁 광연전이었다. 성승, 유응부, 박쟁이 운검으로 입시하기 위하여 큰 칼을 차고 대기하였다.

그런데 웬 날벼락인가! 한명회의 건의가 있었다. 연회장이 좁다는 구실로 운검의 입시를 배제한다는 것이다. 그래서 성삼문이 급히 세조에게 운검을 배제해서는 안 된다고 주청하였다. 그러나 세조는 신숙주를 시켜서 연회장을 보고 오라고 하였다. 그러나 신숙주도 장소가 좁고 더운데 운검을 배제하여야 한다고 아뢰었다. 결국 운검의 입시는 실패하였다.
긴급대책회의가 있었다. 박팽년과 성삼문은 거사 작전을 주재했던 김문기와 만나 긴급대책을 강구했다.

"운검이 연회장에 못 들어가는데 쳐들어가도 성공할지 모를 일이다. 또 만일 경복궁에 있는 세자가 창덕궁에 변이 있는 것을 알고, 군대를 동원하면 승패가 모를 일이다. 그러니 그냥 쳐들어가는 것은 안전한 대책이 아니다. 거사를 연기하고 차후에 왕이 농촌을 시찰하는 때에 길에서 거사하기로 하자"고 박팽년과 성삼문이 강경히 주장하였다고 한다. 부득이 세조가 농촌을 시찰할 때에 노상에서 거사하기로 연기하였다.

발각, 하늘이 버렸다

발각된 첫날, 국문 결과에 관하여 세조실록 기록은 성삼문이 포섭했던 성균관 사예인 김질이 거사가 연기되자, 그 이튿날 그의 장인인 정창손과 상황을 상의하였다. 김질로부터 단종 복위운동의 일단을 들은 정창손이 김질을 데리고, 세조에게 밀고하였다. 밀고 내용은 "상왕이 금성대군의 옛집에 왕래하실 때 시해하려는 음모가 있다. 세자와 상왕이 자리를 다툴 때는 상왕을 돕는 것이 옳다. 윤사로 신숙주, 권람, 한명회는 제거하여야 한다"는 것이고, 세조를 시해하는 내용은 없었다.

세조가 승지들의 입시를 명하였다. 좌부승지였던 성삼문도 입시하였다가 국문을 당하였다. 함께 모의한 사람들을 대라고 고문하였다. 성삼문은 김질이 고해바쳤을 것으로 예상되는 박팽년, 하위지, 이개, 유성원, 유응부, 박쟁을 고했다. 하위지가 잡혀 왔으나 기억에 없다고 부인하였다. 이개가 잡혀 왔으나 모른다고 부인하였다. 일단 성삼문, 하위지, 이개를 의금부에 보냈다.

일이 발각된 것을 알고 이휘(李徽)가 자수하고 고해바쳤다. 세조가 내용을 더 알고 성삼문, 하위지, 이개도 불러냈다. 잡혀온 박팽년에게 매질하고 같이 모의한 자를 대라고 고문을 하였다. 박팽년이 성삼문, 하위지, 유성원, 이개, 김문기, 성승, 박쟁, 유응부, 권자신, 송석동, 윤영손, 이휘와 박중림을 댔다.

그리고 어제 연회장에서 운검을 시켜 거사하려고 하였는데 운검이 배제됨으로써 관가 때 길에서 거행하기로 하였다고 다 불었다. 이개를 매를 치고 물으니 박팽년의 대답과 같았다. 전대미문의 혹독한 고문이 이어졌다. 나머지 사람들도 문초에 복 하였으나 오직 김문기만이 입을 다물고 불복하였다. 유성원은 집에 있다가 발각되었다는 소식을 듣고 목에 칼을 찔러 자살하였다.

세조 2년 6월 단종 복위운동사건 때 당시 의용된 대명률(大明律)에 의하여 본인은 주범과 종범 구별 없이 수레에 사지를 묶어 찢는 참혹한 환형을 당한 분이 46명이다. 생전 42명, 시신 4명) 그리고 이렇게 환형을 한 사람들의 아버지와 아들도 교수형에 처하였다. 3족을 멸한 것이다. 목숨 100여 명이 넘게 죽었다. 이들의 재산은 모두 몰수되었고, 어머니와 처, 딸과 손자 이하는 노비로 전락시켰다. 멸문지화(滅門之禍)였다. 그 화의 범위가 너무나 넓었고 너무 참혹하여 우리 역사상에 유례가 없는 순의(殉義)요, 비극이 아닐 수 없었다.

사육신 공원에 칠신이 있는 이유 : 추강집 사육신전

세조 때, 단종 복위 대 사건을 치르고 나서 자연스럽게, 그중 유림이 가장 존숭할 여섯 분이 이미 꼽혔을 것은 당연하다. 그래서 사관이 육신의 명단을 후세에 전하려고 기술적인 방법으로 사초(史草)도 쓰고, 예종 원년부터 편찬된 세조실록의 편수관도 그러한 마음가짐에서 동 실록을 편찬한 것이 타당한 추론이다. 그 편수관에는 당대 유종(儒宗)이었던 김종직도 들어 있었다.

그 결과 육신사건이 발각된 세조 (1456년) 6월 경자(庚子) 일조에 많은 분을 국문하였지만, 성삼문, 하위지, 이개, 박팽년, 김문기에 대한 국문 결과와 유성원이 자살한 사실만을 기술하였다. 그리고 같은 달 병오(丙午) 일조에 많은 분들을 사형한 기록 끝에 성삼문, 박팽년, 하위지, 이개, 유성원, 김문기의 여섯 분에 대하여만 특별히 그 각 모의동기와 모의 내용 등 그동안의 활동상을 나란히 개별 설명까지 붙여 열기(列記) 하였을 것이다. 이 여섯 분들 중심으로 당시에 육신 사건으로 그 이름을 후세에 전하고자 했을 것이며, 그래서 기록에 세조의 입을 통해 육신이라는 단어가 등장하게 된 것으로 추정된다.

역사서 삼국지와 나관중의 삼국지연의가 있듯이 한국의 대표적 충의 상징인 사육신에도 실록 기록들과 다른 명필 명문장가의 실화 실명소설이 문집에 등장하게 된다. 남효온의 추강집 사육신전이 바로 그것이다.

조선전기 학자 남효온의 시가와 산문을 엮어 1922년에 간행한 시문집이다. 내용 8권 5책. 목판본. 1922년 후손 상규(相圭)에 의해 간행되었다. 초간본은 1577년(선조 10년) 외증손 유홍(兪泓)에 의해 5권 4책으로 간행되었고, 중간본은 1677년(숙종 3) 유홍의 증손 방(枋)에 의해 5권 5책으로 간행되었다. 서문은 없고, 권말에 조신(曺伸)의 발문과 유홍의 구발(舊跋), 방의 중간 발, 후손 상규의 발문이 있다.

조선 초 유림의 조종으로 불리던 김종직의 제자이자 생육신의 한 사람인 추강 남효온(秋江南孝溫,1454년~1492년)이 지은 사육신의 행적을 묘사한 전기소설인 추강집은 실제 간행자들은 유응부의 후손 유홍과 유방이다. 생육신으로 1454년생인 남효온은 성삼문이 죽은 1456년에는 겨우 3살이었으니 이를 직접 봤을 리가 없다. 남효온이 듣고 읽은 것을 바탕으로 기록하였다고 하는데. 그 내용에 실록에 있는 김문기 내용들이 여럿, 유응부 내용으로 바뀌어 등장한다. 이러한 이유로 사육신 전승 중에 육신이 칠신이 된다.

남효온이 「육신전」에 성삼문, 박팽년, 이개, 하위지, 유성원, 유응부 여섯의 전기를 간단히 썼다. 육신 사건에 관한 문헌으로는 세조실록 외는 해동야언과 더불어 가장 오래된 문헌이다. 그리고 그 저자인 남효온의 성과는 기술된 육신의 의기와 그 충성 그리고 상상할 수 없는 혹독한 고문과 굴복하지 않는 불굴의 감격스러운 내용으로 기술되어 있다. 그래서 많은 사람의 심금을 울리고 500년 동안 육신 사건에 관한 성서로 읽혀 왔다.

육신전의 내용은 현대에는 우리가 모두 알고 있는 '세조 앞에서도 뜻을 굽히지 않은' 친숙한 사육신 이야기이지만 내용상 조선 전기에는 충격이었을 작품이다. 그야말로 대놓고 계유정난을 비난하며 세조를 패륜아로 만들고, 노산군(단종)을 옹호하며, 당시에는 역적이 확실한 사육신을 '의기가 높다'며 칭송했던 책이다.

그러므로 조선 전기 세조의 후손인 왕실의 입장에서는 육신전은 곧 역적을 옹호하는 기록이었을 것이다. 왕실의 입장에서는 이런 책을 쓴 것은 물론이고 가지고 있다는 것만으로도 역적죄를 각오해야 함은 분명하다.
조선 전기의 육신전은 공공연하게 언급되지는 않고, 인쇄도 잘되지 않으면서 사림 선비들 사이에서 몰래몰래 필사해 가면서 보는 책이었을 것이다.

실제로 선조실록에는 경원관 박계현이 성삼문이 충신이라며 육신전을 추천했다. 선조가 이를 읽어보고 분노를 터트리는 장면이 나오며, 책을 모두 거둬서 불태워 없애고 이야기하는 자도 처벌해야겠다는 발언을 했으나 신하들이 말려서 그만두었다고 기록되어 있으며 많은 기록이 잘못되어있어 이 기록이 후일에 잘못 전해질까 두렵다고 하였다.

그러나 유림(儒林)은 달랐다. 공자 맹자 학문의 도(道)에서 세조는 주공(周公)과 대비되었다. 이 유림들의 존경하는 육신에 대한 마음들이 대대로 전승되어 남효온의 추강집을 삼국지 역사에 나관중의 삼국지연의(三國志演義)처럼 필사하게 하고, 인구(人口)에 회자(膾炙)하게 했을 것이다.

남효온이 계유정난 이후에 태어났음에도 불구하고 생육신의 일원으로 거론되는 것 역시 이 '육신'이란 이름이 정립되었기 때문이었을 것이다. 그 자체로는 사료적 가치는 분명히 낮지만, 단종과 사육신의 복권 등에 큰 영향을 미쳤으며, 삼국지연의처럼 역사적 이미지를 만들어내어서 오늘날까지 사육신이 조선 충의(忠義)의 상징이 되도록 만든 소설이라고 할 수 있을 것이다.
이러한 일련의 사육신 충의(忠義) 논거는 세조에 의해 시작되는 것도 역사의 아이러니다. 세조 3년 (1457년 9월)에 단종복위 운동사건 등에 목숨을 뺏긴 백여 명의 이름을 금비단 8폭에 병자원적(丙子寃籍)이라고 써서 당시 동학사에 보내 초혼(招魂)하여 제사를 지내게 하였다.

사육신 복권과 현창운동

육신에 대한 추모는 궁극적으로 육신의 현창 운동으로 발전한다. 육신의 역모 죄명을 벗기고 육신의 명예를 회복하고 충절을 현창하려는 운동이다. 이 운동은 유신들 특히 왕을 측근에서 모시는 신하로서 의리를 중시하는 성리학의 영향을 받은 벼슬아치와 유생들이 중심이 되어 이어졌다.
육신은 역모의 죄로 처형되었으므로 육신의 죄명을 벗기고 현창하자면 그 권한이 있는 왕이 죄명을 벗기고 충절을 표창하는 절차가 필요하다. 그러므로 현창 운동은 주로 왕에게 하는 수밖에 없었다.

사화(士禍)로 얼룩졌던 연산군 시대에 위축되었던 유림이 중종반정으로 재기하여 성리학의 의사상(義思想)이 존중되었다. 이를 계기로 중종 이후 지속적으로 유림들의 육신 현창이 이루어졌다.

육신에 관한 세조실록의 기록은 모르고, 사림의 꾸준한 노력으로 드디어 남효온의 「육신전」에 기재된 여섯 분은 역적의 누명을 벗는 신원(伸冤)이 되기에 이르렀다. 숙종 17년 12월5일. 청나라에 사신으로 다녀온 민암(閔諾)이 숙종의 물음에 대하여 "공자는 주(周)나라 신하이면서 백이 숙제를 찬양하였습니다. 비록 명나라 방효유(方孝儒)까지 언급하지 않더라도 우리 동방 정몽주의 예를 볼 때, 육신의 절의를 표창함에 걸림 이 없나이다. 세조께서 후세의 충신이라고 하신 그 깊은 뜻을 알 수 있나이다."라고 아뢰었다.

숙종께서는 그 이튿날인 1691년 12월7일 남효온의 「육신전」의 육신의 벼슬을 회복하는 복관(復官)을 하고, 벼슬아치를 보내어 제사 지내고, 민절사(愍節祠)에 사액(賜額) 한다는 역사적인 교서를 내렸다.

"무릇 나라가 먼저 서두를 일은 절의를 숭상 · 표창 · 장려하는 일보다 중요한 일이 없다. 신하로서 가장 어려운 일은 절의를 세워 목숨을 바치는 일보다 더한 일이 없다. 저 여섯 신하가 어찌 천명을 몰랐고 사람이 이를 거역할 수 없음을 몰랐을 것이오! 그런데도 마음에 결의하여 죽음을 택하고도 후회함이 없었다.

이는 실로 사람으로서 하기 어려운 일을 능히 한 것이다. 그 충절은 수백 면토록 늠름하다. 가히 방효유(方孝孺)와 경청(景淸)에 비교할 만하다. 마침 선릉에 일이 있어 행차가 육신묘 곁을 지남에 감회가 더욱 깊다. 세조께서 당세(當世)에는 난신(亂臣)이지만 후세의 충신이라고 하신 말씀은 뜻이 여기에 있다. 오늘 육신을 복관하는 일은 실로 세조의 남기신 뜻은 계승함이요, 세조의 덕을 빛냄이 될 것이다"
이 내용의 비망기(備忘記)를 숙종이 내렸다. 순의 이후 235년 만에 복관 신원이 이루어진 것이다. 역적에서 충신으로 바뀐 것이다. 물론 이때까지도 세조실록을 열람하지 않았다.

기록에 성승을 복관하여 달라는 김진남의 상소문에 "성삼문의 아버지 성승이 목숨을 버리고 의를 취함은 육신과 다름이 없는 고로 육신전에 실려 있습니다. 육신전을 보시고 크신 은혜로 이미 육신의 복관을 명하셨습니다."라고 하여 이를 증빙한다.

유응부는 숙종 때 복관되었지만 남효온의 육신전에 유응부로 잘못 기록 전승된 김문기는 이때 복관되지 못하였다. 그 후 세손의 호소로 숙종 43년 (1717년)에 김문기 복관의 왕명이 있었다. 그러나 호소인의 사망으로 복관교지(復官敎旨)는 영조(1731)에 발행되었다.

글로벌 콘텐츠, 그 가능성과 사육신현창

노이즈 마케팅(한국어식 영어 : noise marketing)은 상품의 홍보를 위해 고의로 각종 이슈를 만들어 소비자의 호기심을 불러일으키는 마케팅기법으로 특히 단기간에 최대한 인지도를 높이기 위한 경우에 쓰인다.
주로 좋은 내용보다는 자극적이고 좋지 않은 내용의 구설을 퍼뜨려 소비자의 입에 오르내리게 한다. 비록 부정적인 이미지로 굳혀질 수 있는 위험이 있지만, 반대로 매출은 올라간다는 결과가 있다. 이미지와는 별개로 노이즈 마케팅으로 인해 머릿속에 인식되어 구매로 이어지는 경우가 많다.

최근에는 인터넷이 크게 발달함에 따라 노이즈 마케팅의 중요한 도구로 사용되고 있다. 이런 노이즈 마케팅이 원하든 원하지 않든 사육신 공원에는 가득하다. 어느 가문이 육신(六臣)의 하나인가가 중요한 것이 아니라 우리 모두의 현창 노력이 모이고 모여 글로벌 콘텐츠가 될 수 있는 K-역사문화 한류의 중심 가치를 지키고 있다.

왜 조선의 대표적인 충의의 상징이 되었는가?
왜 사육신인데 칠신인가?
김문기와 유응부 선생 중 누구인가?
세조실록과 추강집 사육신전
왜 노량진인가?

조선 600년의 수도 한강. 저 건너 너머의 궁궐들을 바라보면서 작은 공원. 그 속에 7분의 신위가 모셔져 있고 도도히 흐르는 강물에 충절(忠節)의 한(恨) 많은 설움이 소리 없이 흐른다. 그렇게 유림(儒林)에서 마음 깊숙이 심어져 자라고 꽃피고 숲을 이루어 조선 충의(忠義)의 상징이 되었다.
한반도 남북한에서 거부감 없이 받아들인 사육신. 그들을 죽인 세조조차 당세(當世)에는 난신(亂臣)이지만 후세의 충신이라는 평으로 그 정신적 역사 가치를 인정하였다.

이제, K-pop, 한식, 태권도 등 여러 한류(韓流)가 글로벌 콘텐츠로 성장 발전하고 있다. 한국의 정신문화 가치를 찾는 이들이 점점 더 늘어나고 많아질 것이다. 이때, 한국을 대표하는 역사문화 기록콘텐츠는 조선왕조실록 등이고 이를 통해 역사 스토리들이 되살아날 것이다. 이즈음 우리는 다시금 사육신(死六臣)과 그분들의 현창이 미래 한국 사회와 글로벌 세계인들에게 어떤 삶이 가치 있고 보람 있는지 되새기는 계기를 마련할 것이라는 생각에 머문다.

사육신 현창은 이제 한국 사회의 질서와 정신 문화적 가치의 상징에서 세계인들에게 공동체 핵심가치인 중심을 지켜나가는 충의(忠義) 정신을 심는 데 이바지해야 할 것이다.

윤영용

작가

기획PD